年寄りの想いと偏見［完全版］

変わりゆく時代を見定める

大谷政泰

自分の人生、想いを何か形に残したくなった。
本書はこれまで出してきた本を一冊にまとめたものだ。
様々な経験や想いを込めて、身分不相応とは思うが、
自分には正直であると思っている。

年寄りの想いと偏見〔完全版〕　目次

年寄りの想いと偏見

戦後70年を考える

［2017］

生い立ちと戦後

学士と呼ばれたことのない八十才の年寄り、古来まれなりといわれた七十才も十年が過ぎた。私の若い頃は定年は五十五才で年金の計算は、余命七年半で制度設計ができていると聞かされた。今は八十才も洟垂《はなた》れ小僧ともいわれるらしいが、長命が必ずしも良いことばかりではないと思う。

中国の皇帝が不老長寿の薬を求めて舟を出したと聞くが見つけられなかった。人間も生物の一つ、いくら科学だか医学が進んでも生物が無機物に変わることは不可能。人間は生物の一つであるという事実を変えることは不可能である。思いたいのは自由であるが求めるものではない。

老人福祉といえば悦ぶ人が多いらしいがものには程度というものがある。国の財政に響くような高い薬は保険対象にすべきでないと思っている。七十五才を起点にして五才毎に今の十％負担を十％ずつ上げるのが私の考え。医療にかけるか食費にかけるか趣味にかけるかは人それぞれ、天命が決めると思えばよい。若い人に回す財源を多くするのが国のため、年寄りも少しは協力すべきものと思う。

私の同級生も多くあの世とやらに旅立った。妻も旅立ち早六年になる。妻というもの不思議なもの、死して初めてその価値の分かることが多いが如何せん。自分も人並みに考えれば後五年位か、隣組で回ってくる訃報をみて、その平均人並みに考えればその辺と思うが、物事には分からない方が良いものもある。殺されるのはイヤだがピンコロ希望の一人、天命には素直に従うもの。

敗戦

今の日本は世界でまれと思われるほど言論の自由がいわれる国である。私も最後何とやらで勝手なことをいい残したくなった。

私は小さい頃、体も小さく病弱であった。名称が国民学校と変わったときの小学校に入学したが、すぐ長期の病気休みとなった。病気が治り通い始めて一番困ったのは、授業が進んでいて漢字が全く分からなく困った。算数は〇から九まで分かれば一〇〇位までは何とかなったが、応用問題になると漢字が一つ二つ入る。字が読めないので意味が分からない。そんな中で学校の成績は四段階評価の最下位の可ばかり。たった一つ算数だけが上から二番目の準優が一つ。

これがずっと続く。

小学校五年の頃、田舎町に貸本屋ができた。一冊一〜二円だったと思う。中を開いてみると漢字に皆平仮名のルビが振ってある。読むと面白いので夢中になる。中には前後の関係から当て読みもする。正確な発言でなく友達に笑われたこともあるが、中学に変わった頃にはどうにか教科書が読めるまでになった。

小学校の記憶を少し、二年生のとき初めて空襲警報が鳴り、教室を出て校庭の木の下に入る。三年生の頃には教室の半分は兵隊が使い、残り半分を午前と午後に分け、下級生は午前、上級生は午後の授業となり、校庭の二割位はいも畑となる。

食糧増産のため、また小学校一年の頃より、鉄類集めのため、一般家庭から不要になったナベ釜に始まり、橋の欄干、火の見櫓、寺の鐘などあらゆる鉄類が集められ、また油不足対策として松の根を掘り、松根油も作られた。バスは木炭車となり屋根の上に木炭を積んで走った。

これは今考えると米国の対日屑鉄、鉄鋼禁輸への対策であり、資源のない国が資源のある国と戦争をしたつけである。正義感だけで戦に勝てるものでないことの実証と深く受け止めなければならない。民主主義が通用する国と通用しない国を人口比でみれば、通用する国の方が少ない現実も直視する必要がある。いつの世も住み難いもの。

戦争に敗けたのは小学校三年のとき、敗けた後に、すずりとハサミを持って行った。することは教科書の切り貼り、先生のいう所を教科書のページ毎に行う作業だけで勉強などない。

四年生になったときの教科書、ワラ半紙をホッチキスで止めたようなものだった。

五年生のとき、ローマ字の教科書の表紙だけが厚紙になった。物価は二十一年から二十二年にかけて十倍になった。農地解放ということで当時の資産家である地主の農地は全部強制買上げ、支払いは国債であるが暫く換金禁止、これで資産家階級はほぼ全滅した。会社も財閥解体と政府強制借り上げに対する賃料支払停止命令でほぼ全滅、これに公職追放令が加わる。鳩山一郎は自民党総裁に復帰するも、占領軍の公職追放不十分ということで追われた。国債発行の停止命令により国は超緊縮予算で国全体が不況のどん底に落ちる。

昭和二十一年の正月には東京、大阪、名古屋で毎日餓死者が続出、この報道も占領軍命令で止められたらしい。きれいごとはいうが意に沿わぬ報道は禁止、朝日新聞と毎日新聞の記事を書く人は全部共産党系の人に強制入替。読売新聞は当時下ネタ新聞として人事の入替は免がれた。このときの遺産を今もついでいる朝毎は、七十年過ぎても相変わらず日本という国家の消滅を願っているようだ。いい加減に正気に戻ってほしいと思うのは年寄りのぐちか。米国はマッカーシー旋風とやらで共産党は排除されたが日本では無理か。

浜松事件

マッカーサーが占領軍総司令官として日本に来たのは昭和二十年の九月と記憶している。最初に何をいったか日本は敗戦によって四等国になった。

一等国は戦勝国、二等国は中立を守った国、三等国は日本が敗けたことによって独立した国、朝鮮を指す。従って四等国は上級国民を訴追できない。俗にいう不逮捕特権である。これにより朝鮮人は荒れに荒れた。後に占領軍は日本に居住する者は日本の官憲に従えと修正したが、一度はずれた箍は元に戻らない。朝鮮人の傍若無人はますます激しさを増す。警察官も占領軍に止められているといって対応しない。

そうした中、朝鮮人達が歌謡祭を計画したらヤクザに妨害されたといって、小野近義元県議会議長宅に二〇〜三〇人で押し掛けたとのこと。この話は後年の又聞の又聞き、当時興業はテキヤというヤクザの仕事とされていた。二晩に亘り押し掛けた結果、決着を付ける日は、昭和二十三年四月四日に決まる。

日本側はテキヤ組織を通じ、東は静岡県の沼津市辺りまで、西は愛知県の岡崎市辺りまで、人と武器集めに凶奔する。四月四日の当日は、日本刀を斜めに背に掛けたそれと分かる人達が多く浜松駅に無改札で降りたとのこと。四日の夕刻、新川の橋を斜めに挟んだ南側、今は廃業となった松菱百貨店側に日本側が集結、斜め北側今は浜松郵便局の裏側（当時旅館があったように思う）に朝鮮側が集結、当初は双方共にピストルの打ち合いでいっこうに変化がないのにハラを立てた日本側の若頭が、抜身の日本刀を頭上にかざし朝鮮側に突込む。これに日本側が一団となって突込む。これが場の空気を変えたという。以降は日本側有利に展開し、翌日朝鮮部落に押し掛け頭を叩き切って一件落着とのこと。この騒ぎの中警察は何をしていたか、非常招集を受け浜松中央署に集まっていた。

当時浜松中央署は五社神社の南側にあった。ピストルは五丁しかなかった。五人の警察官が匍匐前進で来たのが、中央署から三〇〇～四〇〇メートルの所、天馬町の角、今の三菱UFJ銀行浜松支店・磐田支店の所までで後は動けなかったとのこと。何しろ当時は外燈等一つもない。一般の警察官はサーベルも取り上げられ七〇センチ位の棒切れ一本だけ、真暗闇の中、四〇〇人前後の暴徒が走り廻っている所、あたり前といえばあたり前だ。事件で一番驚いたのが占領軍、東京から主力の大八軍が浜松に進駐し直接指揮を執る。

まず最初が警察の体制強化、全国の警察官にピストルの配備を決めた。強くなったのはこれだけではない。警察が頼りになる転機は、私は年は忘れたが浅間山荘事件といって暴徒が人質を取り、その攻防はテレビ中継された。その中で若い警察官が射殺された。そのとき、カミソリといわれた後藤田長官が発砲命令を出す。この若い警察官の命の代償として今があると思う。いくら人命が大事だからといって眺めているだけでは解決しないこともある。

上に立つ者は鬼にもならねばならないときがある。政治家も同様である。人気取りだけでは責任が果たせないことがあると銘記して貰わねば困る。

浜松事件に対する一般の人の受け止め方を少し。大人から子供までヤクザ様々である。その理由は一般の人、農家の生活を結果的に守ったことに尽きる。それまで、朝鮮人達が市の中心から十キロ位のところまではリヤカーという手引車で、十五キロ位の所までは車で来て、収穫間際の野菜果物を白昼堂々と持って行ってしまう。駐在所にいくらいっても占領軍に止められているといって相手にもしてくれない。それがこの事件でピタリと止まった。ヤクザ様様なわけである。浜松はそれで済んだが他はどうか。

朝鮮人の争乱

北朝鮮人民共和国の成立が宣言されたのは昭和二十三年二月十六日、それで将来的には南朝鮮の区域も含むといっている。これを機に国連憲章の解釈をめぐり米ソの対立が表面化した。朝鮮人の争乱は全国化し、大阪、名古屋では警察署が襲われたり、デモ隊との乱闘が起きたりした。大津事件といって滋賀県の大津刑務所を襲い囚人全員を釈放、広島では裁判所を襲い裁判中の被告を実力で奪うし、神戸市では県庁を三〇〇〇人で囲み、行政のトップと警察のトップを監禁し、降伏文書とでもいうべき文書を書かせる。これは米軍が介入し無効となった。

昭和二十七年には占領政策でそれぞれ生まれた国に帰れという政策に従わない人達を韓国に強制送還したが、その一部を国籍不明という意味不明な理由で拒否された。韓国は人の差別の激しい国で、済州島は化外の地だったのかも知れない。民進党（現・立憲民主党）の菅直人の父も済州島出身らしい。戦前に日本に来た人の中に済州島出身が多かったようでもある。

いずれにしても占領軍命令も実行困難に困った政府が、暫定として認めたのが永住権である。戸籍もなく名も通称、その他いろいろらしいが、戦後七〇年ということなら整理すべきことの一つと思う。今韓国では大統領の件とか何か揉めているようであるが、何せ自分の国を作ったことがなく、周りが弱くなれば国といい、強くなれば女を貢いで生存を図った所。近づかぬのが一番、変な同情心は害になる。

災害国、日本

日本は昔から災害の多い国で、恐いものを、地震、雷、火事、親父といったが、今は親父の力はだいぶ落ちた。助け合いの精神は災害の多い所で生き伸びるために身についた特性と思っている。外国人にこの習性を期待するのは間違いのような気がする。

私が思う災害の代表的なものを三つ、一番目が浅間山の噴火と天明の大飢餓、二番目が関東大震災と第二次世界大戦、三番目が郡上一揆という人災。この三番目が人間の業ともいえる名誉欲が絡んでいて、防ぐのが一番難しいと思っている。

一番目は今は鬼押出し岩として観光地化している。浅間の朝焼けといわれた直接の死者は五〇〇〇人位。噴煙が空を覆い、当時の地球規模の寒冷化と重なり、八月には田の手入れも止めた。山に入り食べられそうな物を集めたが、食の確保は難しく、江戸に流民となって押し寄せた。

噴火のときには幕府も多くの人を出し対策を講じたが、多勢の流民には手の打ちようがなく、出身地を調べそれぞれの藩に引き取らせたという。引き取った藩は貧民小屋を作り収容したが、翌春には全員死に絶えたという。その死者の数四〇万人ともいわれる。これは幕府の政策が悪いからだと老中主座、今でいえば総理大臣が罷免された。必ずしも政治が悪いわけではないが、仕方がない。

この地球規模の寒冷化が欧州にも広がり、農作物の不作、食糧不足の結果、国王の責任として国王はじめ多くの人が殺されて、生まれたのが民主主義だ。まだ生まれて二〇〇年かそこいら、その後に生まれたのが共産主義。共産主義は現実的には不可能であるが、政権維持のためにいっている人が人口的には結構多いのも現実。日本にもまだ唱える人もいるし、それと一緒になろうとする政党もある。

関川村

田沼意次の去った後についたのが、今は福島県の白河藩主、松平定信、徳川八代将軍徳川吉宗の孫だ。領内から餓死者を出さなかったことで名君とされたことが老中主座となった理由だが、今は新潟県岩船郡関川村の朴坂という部落が当時天領となっていた。この部落で算出された米を自領に運んだため、今でいえば一種の職権乱用に当たるかも知れない。

今この朴坂という部落に立ってみると、西北東側が山に囲まれ南側だけが開け、当地の大河、荒川にも接しておらず、正に天然の要塞ともいうべき地形で今は農道も整備され田の整備も整い、部落には融雪施設も完備した純農村である。またこの関川村は平成十九年十月にゴミ処理等の村八分問題で最高裁判所まで行き、村側敗訴となった所でもある。

私が行ったのは判決から四年が過ぎた四月四日の日、一軒だけ国旗を出している家があった。前日は四月三日の旗日、駅を降り街中を歩き、立派な役場、道の駅もみた。どこも清掃も行き届き、きれいではあったが国旗は一本も見かけなかった。宿主から判決の補償金二二〇万円は未だ払われていないと聞いていたので、関心を強くした。

部落の名になっている「沼」家は十一軒程の小さい所、村外れで冬はスキー場の入口にもなっているらしい。史跡などから古くから人の住んでいた所であるように思われたが、農道等の整備は他部落に比して劣っているように見え、休耕田も多く感じられた。小さな部落に二二〇万円は大金である。弁護士に聞くと十年で時効とのこと、最高裁までとなると裁判費用も大変である。新聞報道によると村行事の川魚取りへの不参加が原因か。たかが川魚取り位でそんなにムキになるものか好奇心が湧く。改めて村内をみる私の独断による結論。

宿主の話しによると、当時当地の代議士は田中角栄元総理の娘婿、道の駅は昔建設省（今は国土交通省）、申請は地元で運営も地元、頼まれた役人は立派なものを作ればよい、後の管理のこと等毛頭考えない。望みどおり立派なものができたが、悲しいかな関川村は新潟、山形、秋田の県境に近い所、都市から遠くこれといった産物のある所でもない。売店を作っても目玉商品はないが、村長にしてみれば村の政治として道の駅の経営をなんとかしなくては、売店で売る焼アユに賭けた。これが私の推量、役人も罪なことをするものだ。

最高裁判決ですべて解決というのも幻想か。

飢饉がもたらしたもの

天明の大飢餓とフランス革命の間には六、七年の時差があるが、地球規模での寒冷化が起きていたようだ。天候不順により、農作物が大不作となり、その結果食糧不足。万能の神と思われていた王様を殺し、その後の果てしない殺し合いの末に生まれたのが民主主義と思っている。

その後、新しい技術と共に資本主義が、平等観念から共産主義が生まれたが、人間の自由な発想を生かすことができず理論的には共産主義は破滅したと思っている。世界には権力の維持だけが目的で、実体はかけはなれたものが存在し、実体はテロ組織のようなものに思いを寄せる人が絶えないのは理解に苦しむ。これも言論の自由の下で害を広めている。これには学のある真面目な人が掛かり易いようで困ったものだ。今は新しいものが生まれる時代なのか世界的に変な動きがある。

田沼の後をついだ松平定信の政治は徳川初期のような倹約一点張り、京都大火に見舞われ御所の復興に朝廷から過大な要求に苦しんだことは理解するが、朝鮮通信使を中止したことくらいで田沼より短い任期で江戸を去ることになった。

関東大震災

関東大震災は、大正十二（一九二三）年九月一日午前十一時五十八分に発生。相模湾北部の震度は七・九、東京、横浜、館山が震度六の強震で、神奈川、千葉、埼玉、静岡、山梨の一都五県に甚大な被害を与え、その影響は第二次世界大戦まで続いたと私はみる。

地震被害の概況、死者行方不明十四万二八〇七人、全壊家屋十二万八二四棟、焼失家屋四四万七一二八棟、その他東洋一といわれた横浜港の岸壁は一瞬にして崩落し、高層建築も軒並み壊滅状態となり、山崩れも多発した。特に根府川の山津波は一〇〇～三〇〇立方メートルもの土砂が集落一七〇戸をのみ込み、東海道線根府川駅に停車中の列車が地滑りによって海中に転落、乗客一一二人が死亡する事故も起きている。

当時の世界状況でいえば、第一次世界大戦が終わり世界不況の前触というべきときに起きた。万国共通でもあるが、政府には無限の力があると思う。当時の安倍晋三内閣に期待したのも、米国でトランプなる人に期待したのも皆同じ、しかし現実にはどの国も世界の一つ、一つだけが例外的に良くなるなんてことはあり得ない。

戦争を防ぐことにも強い力が要る。朝鮮戦争（動乱）のように外から一方的に来ることもある。憲法など何の備えにもならぬ、今の韓国ではこの事実さえ知ろうとしない人が多いようだが、よそのことを考えるひまはない。死んで花見だか憲法だか死後の議論などあり得るのか。

余談はさておき、関東大震災は日露戦争後の大正文化の一番良いときに起きた。それから一機に不況となり、東北では餓死する者も出る始末、南北アメリカからは移民の受入拒否にあっていた。

結果、日露戦後のただ一つの権益である満州鉄道を利用しての満州移民しか思い及ばなかった。満州は清朝の出身地であり漢人の流入は禁じられ、孫文をはじめ漢人の政治家も万里の長城の北側には関心を示さなかった。清朝の政権が弱くなりつつあるとき、満州に入った日本移民が安い労働力として利用されたが、日本の商社も入ると、漢人の流入が爆発的に増えた。

すると馬賊が入り乱れ日華排撃が始まる。軍閥の乱立、内戦も始まる。中国の頼みを受け日本人の子女を残したまま、討伐に向かうその間に中国軍内の反乱が、通州事件という言語に表しようのない事件を起こし、多くの子女老人が殺された。これへの反撃が一軍閥との闘いとなり、これはゼニ儲けの種と米銀行団がゼニを貸した。

貸したゼニはどんな方法を使っても元を取るのが銀行という名の本性。正義等という言葉はない。言葉遣いだけが上品にみえるだけ。同じものに売春婦の別名の慰安婦がある。

してみるとアメリカ大統領の七ヶ国からの入国禁止も民族の査定の問題はあるものの、合理的直感があるように思える。

開戦まで

日本が大東亜戦争に至る混乱は、昭和十一年の二・二六事件を主たる発端とみる。昭和十二年には陸軍内部の対立、陸軍と海軍の対立、政党間の対立も混乱を極めるために内閣も決まらず、軍事予算も混乱していた。

私の気になる当時の出来事について、朝日新聞記事より昭和十五年の初めより対米英戦争開始までを記す。

昭和十五年三月、米対支（蒋介石政権）借款案成立、米銀行団、蒋介石に成功報酬請求。同年五月、英首相にチャーチル氏つく。同年六月、仏国ドイツに降伏。同年九月、日独伊の三国同盟成立、米

対支借款決定、米対日屑鉄及び鉄鋼の禁輸決定。

昭和十六年一月、米、蔣政権に武器貸与。同年六月、独対ソ宣戦布告、ソ連、対ドイツ戦闘命令。同年七月、米英、対日資産凍結。日本、外国資産凍結。英、日英通商航海条約の廃棄通告。米、今後の対日取引は許可制にすると共に在荷生糸の凍結。全比島軍を戦時編成にし、米陸軍の指揮下に編成すると共に極東司令部を新設。同年九月、米国務長官、日本船舶の積荷は差押えを原則とする声明発表。米大統領宣言発表。対日戦闘準備完了を発し対日警告。同年十月、重慶政府（蔣介石）軍、米軍事顧問団の指揮下に入る。米英、石油の対日禁輸決定。東條英機陸相に組閣の大命下る。同日組閣完了、これが対米英戦争を決断したときだ。内閣に入る者は皆死の覚悟をしただろう。口では強いことをいっても死の覚悟のできる人はそうあるものではない。岸信介が商相として入閣。岸は東條から大臣の辞任を再三求められるが辞任を拒否したために、東條内閣の総辞職を招いた。辞任後は憲兵隊の監視下におかれる。当時の制度では大臣を意に反して辞任させる方法はなかった。

米国は戦争は三ヶ月で片が付くといったが、四年半かかった。そのため多くの白人が戦死した。余りの多さに軍内では食事作り位にしか使われなかった黒人が白人の身替りとして使われた。それが結構役に立ち、生死を共にすると友情も湧く。日米戦争の副産物として黒人の地位向上を一番に挙げたい。

オバマ大統領の広島訪問についてあれこれいう人がいるが、それには組しない。私が求めたいのは、昭和二十年四月一日の米潜水艦による阿波丸（一万一〇〇〇余トン）の撃沈事件の処理である。

これは当時米国政府が非を認め、後日解決を約束したはずである。政府間の約束には時効等ないし、これこそ人道上最たるものの一つと思っている。

少し記録を調べればすぐ分かるもの、国家にも品というものがある。真当な配慮があるべきもの、事の善悪を感情とか思い入れで処理するものではなく事実に基づくもの、どこかの国のようにないことをでっちあげてたかる国もあるが、それとは一緒に組みたくないものだ。

従軍慰安婦

戦時中に従軍と呼ばれたのは看護婦と記者だけ。職業仕事によって貴賤を付けるものでないとよくいわれ、日本を代表する公共放送もそのことを強調しているが行いは全く逆である。善行の見本としてユダヤ人救助に尽力した何とか大使はよく取り上げるが、同じユダヤ人救出に尽力した樋口季一郎少将のことは一度も取り上げたことがない。これぞ日頃口にする公明正大の言葉が泣く。軍人を悪人呼ばわりすることはいいかげんに止めたらどうかと思う。

今般の売春婦だか慰安婦の件についての日本政府の行動は、憲法改正と同じ価値がある。今まで日本は憲法前文に忠実なあまり、国としての意志の表明を避けてきた。国家としての意志を表すこと、独立国としての第一歩、それができないようでは国家とはいえない。

国会とは国の意志を決める所、憲法改正は一字たりともならぬという日本共産党の意見、敗戦時占領軍に天皇制廃止を主張した唯一の政党は今も武力革命一党独裁を夢みているらしい。それに同調したい輩もいる。

かたや日本国家の存続を望まない朝日新聞、毎日新聞については廃刊を望みたいが、無理らしいからその理由の一部を記す。終戦直後の朝日の連載「東京裁判これが真実だ」の記事の根拠を説明してほしい。記載された中に南京城内で、九〇日間に亘り毎日四〇〇人の殺害が日本軍により行われ、その処理は一人の中国人が行ったとあった。

見たのは子供の頃、特段の関心もなかったが、中年の頃仕事で埼玉県に行った。そのときは日本航空の事故の記憶も残っているとき、現場は御巣鷹山とかいう群馬県の山中、死者の数は五二〇人位、死体の収容には学校の体育館が使われた。この学校の体育館は死臭で建て替えられたという。現場は群馬県と埼玉県の境である。山の所有者である地元の人達の話では、多くの人の血が流れたためウジ虫が大量に発生し、山中には入れなかったそうだ。

この事実から南京城内で日本兵が九〇日間毎日四〇〇人を殺し、一人で処理する等物理的に不可能だ。ということは四〇万人虐殺もウソの作り話、どだい南京市民は元々二〇万人、それが日本が保護区を設けると十万人増え、三〇万人になった。殺されるために人が集まるなんてことはないのが人の常識。いくら中国人がウソの名人でも、もう少しまともであればと思う。朝日新聞の記者も少しマトモにならなければならないが、できれば廃刊が私の願い。

次に毎日新聞の一〇〇人斬り記事について、日本軍にあって刀は私物であり、出世の象徴、刀を持つ身分になれば当然に部下も持つ。単独行動等はできない。それに刀は重い。映画のように役者が振り回すようなことは不可能である。昔、私の家は庄屋を四代続けたとかで刀があった。親戚の人が兵隊で出世をして刀が必要になったといって来たので一番良い物を贈ったと聞いた。刀は遊びに使うような代物ではない。軍に多少の知識のある人なら作り話し位すぐ分かるはず。それ位のことが分からぬ弁護士も裁判官も不見識というもの。新聞社という所は大学出を採用していると思うが、少しは社会常識を持って貰いたい。取り消しの努力もしないのは憲法にいう言論の自由とは違うような気がする。いずれにしても天下の大新聞の価値はない。

ついでに軍が売春婦に関与せざるを得なかった理由だ。対露戦のため多くの日本兵が中国朝鮮に渡った。その兵を求めて売春婦が殺到した。中国人と朝鮮人である。その結果兵が性病にかかり、露軍との戦で失うより兵を多く消耗した。軍の戦力維持が軍の重大事であるため軍医が動員され、性病者の排除のため営業する者の管理監督も軍医を中心として行われた。人集め等全く必要なく、戦力を維持することが最大任務で、それ以外に力を割く必要はない。この当たり前の事実を世界に発信する必要が生じたようだ。中国、朝鮮には不名誉なことだが仕方がない。

朝鮮動乱

今日本には暴力に対峙する組織は警察と海上保安庁と自衛隊の三つだけ。このうち海上保安庁について、イギリス政府から、憲法に反するというクレームがついたのを新聞記事で見た記憶がある。自衛隊の前身である警察予備隊の発足は朝鮮動乱（戦争）と同時、マッカーサー命令であり、憲法を作ったのも壊したのも占領軍。生きるために如何ようにも変わる、これが世間というものだ。この現実を一切見ようとしない人が学のありなしに関係なく多過ぎるように思う。これも私の偏見か、時系列で確かめたい。

昭和二十五年六月二十五日午前四時頃、三十八度線に沿って三ヶ所で戦闘開始。同時に北朝鮮、韓国に宣戦布告。当時韓国はアメリカの軍政下にあった。

二十六日、マッカーサー、日本共産党の機関紙アカハタの発行停止命令を日本政府に命ず。輪転機等の差押えも行う。米ソ軍機空中戦、このとき米ソ共ジェット機による空中戦は世界初。米トルーマン大統領、武器の発送命令、ソウル陥落前に首都を大田に移転する。

在日米軍出動、同月二十七日、米トルーマン大統領米海空兵力出動を命ず。同月二十八日、英艦隊、米指揮下に入る。ソウル陥落する。マッカーサー元帥、韓国に司令部前線指揮所を設ける。

同月三十日、米トルーマン大統領、韓国に陸兵派遣命令、同時に北朝鮮基地攻撃命令。

七月八日、日本政府に警察予備隊七万五〇〇〇人の新設命令。当

時日本は米占領下、憲法の制定改正廃止についても占領軍に絶対権限があった。今更占領軍の命令について、言論の自由の名のもとに論ずる学者、政治家、評論家、マスコミの言種ほどに無意味なことはない。さながら平安時代のことを今の問題のごとく論じるようなもの。それよりもこのときに元日本海軍の掃海部隊の隊員が米軍の命令により招集され、軍輸省職員として、韓国仁川沖の機雷除去等の軍事作戦に従軍し、犠牲者も出ているようである。この人達の顕彰こそ日本人の誇りとして求めたい。韓国にいう必要はないが、九月十五日、早朝の米軍による仁川港上陸作戦の成功に寄与し、これが朝鮮動乱の流れを大きく変えたと思う。

売春制度

戦後日本の売春制度について。昭和二十一年の正月気分も抜けないとき、父が新聞をみていて「ヒドイ」ことをするといった。何かと聞くと東京は新宿で都電を停め、婦人だけをトラックに乗せ連れ去り、三日間家に帰さなかったという。子供の私にはその意味が分からなかった。

後年いろいろ調べてみると、名古屋では病院をおそい看護婦三〇人位を拉致、九州では黒人兵が女学校を襲い三日間立て籠るといった事件が頻発する。たまりかねた総理大臣が良家の子女を守るという名目で、占領軍の駐留する全都道府県知事に対し、特殊飲食店という名の売春施設の設置を命令する。

当時知事は選挙ではなく任命制である。従って命令は絶対である。静岡県の御殿場では赤線青線白線といって人種差別まで持ち込んだ。赤線とは白人用、青線とは黒人用、白線とは日本人用らしい。


米空軍で大将だか中将で日本攻略に一番の功績を上げた人がいた。名前は忘れたが、部下が性病に侵され、これでは戦に勝って敗けることになると、元日本軍将校に対応を聞く。日本も同じ問題に悩み軍医が対処した。今は軍はなくなったが、医学の知識のある者の力を借りるしかないと答える。

その後、売春を業とする者は、一週間に一度は保健所の医師の検査を受けるようになった。当時一流といわれた店は信用をかけて対処した。客に万一のことがあれば、店が責任を持って治す。日本の売春制度がなくなったのは昭和三十年頃、それと同時に始まったのが、韓国のキーセンパーティという名の国を挙げての売春事業。日本でなくなったのは、朝鮮動乱が休戦となり、日本に駐留する米兵も減り始め、売春の需要も減り始めたからだ。

昭和二十七年頃、アメリカのキリスト教の婦人団が日本に来て講演会を開いた。売春制度があるのは民族が劣っている証拠、世界で通用する民族になりたければ売春制度を失くすことが先決といった。戦時中は軍の宣伝係のようなことをしていた婦人がこれに飛び付いて国会議員にもなった。この女性の秘書になったのが、今は民進党、元総理の菅直人の政治家への出発点。宗教としては世界一かも知れないが、キリスト教にうさん臭い感じを持ち始めた端初でもある。

韓国のキーセンパーティの売り込みは激しかった。当時の韓国には、女の体より外に売るものがなかったといえば怒るだろうが、私も一度だけ行った。

三十才の頃、初めての海外旅行。飛行機に乗るのも初めてだった。向こうに着くとバスの乗り降りも含めて、すべてが中年のオバサンの案内による。当日の晩は大きなステージのある会場で、食事をしながら朝鮮舞踏らしきものを観るが、知識がないので意味不明で眺めているだけ。終わると宿泊するホテルに案内される。一人一室、室に入ると若い娘がスッポンポンで寝具の中にいた。早速一発眠りにつく。夜半目が覚めてもう一度と体に触るが断られる。仕方がないので起きて窓の外をみる。橋のタモトらしき所からトーチカの光が見えた。ここは戦時中だと気付く。

朝の四時か五時頃、若い男性が軍装をして出て行った。早朝の軍事訓練ではないかと推測する。生産に全力を掛けることのできる日本の幸せを感じる。朝食をとり一休みすると市内案内、回ったのは韓国の国立博物館と歴史上有名な所らしい。

五〇年以上前のことで記憶も定かでない。博物館でみたものは、壁一杯につるしてあった巾一メートル長さ六メートル位の掛け軸で、原本は日本にあるとの説明だったと思う。外に出ると近くに木のない高い山をみたような気がする。土産に木製の虎の置物を買う。これは今も自宅にある。帰ると旅行者全員の懇親会があり、参加を求められる。会費は一万三〇〇〇円。会場は四〇~五〇人の宴席で、一人一名ずつの介添が付く。年は三十才前後か、終わるとホテルの部屋まで同行する。一丁終わると明晩もと頼まれるが小遣いが切れたので断る。

当時の日本の物価は失業保険で政府から払われる日当ニコヨンといわれ、日当二四〇円だか二四五円。高卒の役所の初任給が月給八〇〇〇円位。当時流行した歌に一万三八〇〇円という歌があったような気がする。質素ながら夫婦二人の生活費を歌ったもの。
初日の晩は二万円、若気の至りで高い遊びをしたものだ。翌晩、現地に仕事に行っている人達と会食をする。焼肉を野菜の葉で包み、手づかみで食べる現地の食べ方という。

ついでに現地の売春事情をきく。ムシロ一枚を前に吊して脚を広げて客の来るのを待っているだけ。料金は一回五〇〇〇円位。話しついでに朝鮮の商売で私には理解不能なものがある。それは泣き屋と称する商いだ。何をするかといえば、親とか近親者が亡くなったときの葬儀に悲しさを演出するのだ。世界中どこの国でも親族が亡くなれば悲しむのは当たり前、それをわざわざ金を払って演出しなければならぬ理由が分からない。

郡上一揆

三番目の災いは岐阜県の郡上踊りである。今は観光の目玉になっているが、江戸時代三大一揆の一つといわれ、郡上一揆の後始末がたまたま成功した珍しい例であり、人間の業の深さを感じさせる。今話題の東芝事件もこの類に入ると思っている。

事の始まりは、郡上藩の領主、金森頼錦が地方領主の要望の取次役をしていたことに遡るが、何かの理由でその任を解かれるが、任期中に覚えた文学風雅の楽しさから逃げられなくなった。人を集め楽しむためにはゼニが要る。当時の藩の経済では、米の収入が唯一の収入である。そこで徴収方法を変えて増収を図ろうとした。

今まで定面法といって、田の良し悪しに等級をつけて集めていたのを、役人の査定によって徴収量を決める検見取り法とした。当時の役人の中には、百姓と油は搾れば絞る程出るという人もいた時代だが、百姓といえども生きていかねばならない。庄屋にしても村が死に絶えては困る、で全体が反対の一揆である。

藩の方も必死、領主の望みを叶えるのが役人の務め。役人にも地元と江戸藩邸では考えが違う。地元にいれば地元の事情も分かる。一揆側の強い要請に応じたが、江戸にいる役人は強烈に年貢米の増収を命じた。反対する若者を打首にし、それで収まると思ったが反対運動が強くなり、地元代表が江戸藩邸に陳情すると、それも閉じ込めてしまった。

万策尽きた一揆側の手段は、行えば死罪と決められていた直訴である。文字通り命をかけた争いである。苦難の末、直訴は成功。結果は悲惨であるが、地元はそれでも勝ったとよろこんだという。

その主な内容は領主の領地は没収の上、永の預け。今様にいえば終身刑である。幕府中枢の老中、本多正珍の領地没収、大目付曲淵英元の役儀取上げ、勘定奉行大橋親義の知行地没収、美濃郡代青木次郎九郎の役儀取上げ等、幕府中枢の総替えであり、実質上の政変とも呼べるものである。

農民側も獄門、死罪、遠島、所払い過料等々の多大な犠牲を出す。この事件を馬場文耕という江戸の講談師が、これを「平かな森の雫」という講談本にし、幕政を批判したとして獄門に処せられるというおまけがついた。今の朝日、毎日新聞なら記者の命はない。良き時代に生きていると感謝しなければと思う。

日本のような国は、人口的にいえば世界の半数以下と思っている。

続けるには努力が必要である。郡上八幡の一揆を名誉欲の永続を願ったものだといえば簡単のようで、防ぐのはきわめて難しい。人間の業ともいうべきもので、東芝事件にしろ誰にも止められなかったし、今も続いているかも知れない。また別の所で新たに発生しているかも知れない。凡人には予知など不可能、天命を頼むしかない。

私達に一番大事なこと

オリンピックだが、受けた都が行うものと思っていたら、いつの間にか政府主催のようになってきた。国際委員会もそう思っているらしい。凡人にはお祭りの大きなもの位にしか考えられない。金メダルの数がどうのこうのと、貰った人はうれしいかも知れないが、メシの足しにはならぬ。

日本の昔からの習慣で、税は使わず寄附を集めてそれで行ってきた。神田祭りでも阿波踊りでも花火大会でも、税金等あてにせず行ってきたのが日本の伝統だ。今回オリンピックについてあちらこちらから聞こえてくるのは、税金をたかる話しか聞こえてこない。政府にも東京都にもそんな金はないと思うが、何か変な感じである。人に見せるだけの価値のあるものならば寄付も集まると思うが、見る人もないようなものなら止めてしまえといいたい。

今、私達に一番大事なのは、この地球上に生き残ること。アメリカもようやく本音をいい始めた。日本人は差別に苦しんだ時代もあるが、いつから差別で物をみるようになったのか。特に革新とかいう人達。日米安保があるから軍備はいらない、憲法があるから安全等というたわ言。日本を守るためにアメリカ人はいくら死んでもよい、国が失くなっても憲法が役に立つ等、憲法とは国が存在してこそ価値があるものだ。アメリカ人が死んでもおひねりで済ます等、人道のカケラもないいい分。すこしは世の中を真当にみてほしい。本当に死に絶えたいなら、福祉も医者も不要、まして保育園等不要の限り、生きる意志のある人にのみ必要なものだ。

明治憲法ができたのは明治二十七年。作った理由は、関税の自主制定権を得るためだったが、結局日露戦争に勝って初めて実現した。仲介した米国は戦争の只一つの権益ともいうべき満鉄の横取りと日本の植民地化に失敗し、オレンジ計画とかいう対日戦争準備を始めたという。

確かめたい人はアメリカの鉄道王ハリマンとの交渉内容を精査されたい。人種の性質は何百何千という各民族の経験から生まれたもの、露、支那、朝鮮だけでなく、白人世界もいろいろ、その国の歴史も知らないものに判断はできない。

只いえることは、財政的基盤もないと自己主張も難しい。防衛力を確かなものにするのに財政の裏付けなくして不可能、国債の金利もいつ上がるか不明で、世界が乱世になれば国債は紙クズになる。

日本もドイツも敗戦直後に経験している。いかにすさまじいものか、今の若い人にこうしたことも知って貰いたい。

普通の案は人口減に合わせて役人の数を減らすこと。乱暴な案、一番難しいと思う私案は、政治費用を減らすこと。具体的には役立たずの参議院をなくすこと。明治の時代に欧米をまねて二院制を作ったが、政権の足を引っ張る位で役に立たない。これだけは占領軍の発想の方が正しかったと思う。何せ、国論をまとめるのに時間が掛かる。貴族院時代、第一次世界大戦後、世界的に軍縮機運が高まり、日本政府もこれに参加しようとしたら、ある貴族院議員が天皇の統帥権に触れるといって大問題化し、内閣を困らせたこと。

今一つは衆議院では日の丸を国旗として議決したが、貴族院では議決していない。その後継たる参議院でも議決していない。法的根拠を欠くために、日教組の攻撃目標になったりする。また一票の格差問題で最高裁から指摘を受けているが、自己改革一つまとめられない。最高権力機関の名が泣く。廃止すれば財政改善に大いに役立つ。憲法改正が進まないのも参議院があるが故と断ずる。

議員の選出区域の割り振り方法について一案を出したい。反対は多いだろうが、都道府県境の変更合併でも、この人口減の最中、不可能に近いと思う。全国の案などとても思いつかないが、一部なら一つ、広島県と島根県、岡山県と鳥取県両地区の競争と経済の一本化の為に、駅を三つ位に絞った新幹線並みの通勤列車を投入する。そうすれば瀬戸内海と日本海側の生活圏が一体化すると思うし、国土開発にもなる。山口県を九州圏と一体化させるのはどうか。昭和十八年に作られた関門海峡の改修を含めて考えたらと思うし、東北六県は二、三の県にまとめる位にして、国土開発をいつまでも地震にとらわれずに考える時期に来ているように思う。四国は三菱と住友の発祥の地であり、偉人も多く出た地。よそが動けば自ら考え、どこの地区も必要にせまられれば自然に発案するだろう。必要なのはシゲキである。手取り足取りでは日本全体の自滅あるのみ。

領土問題

ほかに一つ心配なのは、沖縄知事の行動である。今度は日本共産党とくっつくらしいが、それ自体ほめられたことでもなく、似たもの同志ということか。その結果、基地の建設が大きく遅れることを心配する。今度のアメリカ大統領は、気の長い方ではないらしい。

沖縄はただ一つの地上戦の結果、占領された地。日米双方で多くの人が死に、長くアメリカ軍の占領下にあった土地。故佐藤栄作総理が苦心の末、基地付という条件で施政権が日本国に渡されたものだ。国家主権は国政の最重要、他の例を少し確かめる。

北方の島々は、戦闘が終わった後にロシアが実力で占拠し、実情は皆様御覧の通り。竹島は米軍が朝鮮の北端まで行ったとき、戦には参加しなかった韓国の李承晩大統領が、文官を送り行政を始めようとしてマッカーサーに怒られ引き揚げた。日本が外交権を持つ四ヶ月位前に一方的に宣言した李承晩ラインが原点といい、国際司法裁判所への提訴も同意しない。日本が独立を果たすサンフランシスコ会議に参加しようとして、韓国は参戦していないという理由でアメリカに拒否されたのも忘れて、何かと文句をつけたがるのがあの国の習性だ。

尖閣は、国際調査機関が海底に地下資源があると発表したとたん、今まで何もいったことのない中国が、俺の物は俺の物、人の物も俺の物と、中華思想絶対視のいい分。人の話等聞く耳のない人種、スキを作ってならない。こうした中で基地建設が余りに遅れると、沖縄の返還協定違反の口実を与え、再占領とでもいい出されたらお手上げになる。論理的にはあり得ることと私には思える。

沖縄本島は明治二十七年まで、島々に人頭税を掛けて苦しめたというが、再占領となれば県は消えるし、どのような災難が起こるか想いが廻らぬ。知事の行動が過激になれば、国権を強くし昔のように選挙ではなく任命制に戻す位しか頭に浮かばない。

幸いといっては失礼だが、日本で一番優れている元都知事の石原慎太郎を見ると、二〇〇〇年も昔に戻ったような気がする。まるで大名がよきに計らえで、事が決まる。議員も政務調査費とか名前をつけゼニをふんだくるだけ。知事職を全部戦前のように任命制にすれば政治費用が大巾に下り、財政再建に大きく寄与すると思う。

私の人生も後四年位だろうか。いいたいことをいっていければ、これ以上の幸せはない。

いたちの屁

［2020］

いたちの屁

昭和十一年生まれの年寄り、後何年か、何カ月かであの世とやらから迎えが来ると思っている。残り少ないと思うと、急に自分で自分が愛しくなった。と同時に私の今日あるのを助けてくれた人を偲ぶが、粗方あの世とやらに行ってしまった。

あれこれ考えているうちに、日本という国、何を云っても命をとられることとない希少な国、周りの国とは違う。この利をいかして、自分の葬式代わりに、思いつく儘勝手な事を書きたくなったが文にも一応名を付けねばと思い、子供の頃の思い出であるがこの世で一番力の無いものとして「いたちの屁」の事を思い出した。いたちは死ぬとき、全力を出して屁をするが臭いもしないと云う話、念のため辞書を引いてみる。

「いたち」とは食肉いたち科の獣、口吻から尻端まで約五〇センチ、体は細長く赤褐色、ねずみ、鶏などを捕えてその血を吸う、尾は長く、窮すれば悪臭を放つ、樺太、北海道に生息とある。種々の迷信、俗信に関係しているとある。してみると子供の頃の覚えも万更ではないか。

敗戦

戦争に敗けたのは、小学校三年のとき、川遊びをしていて上ってきたら、大人の人が戦争に負けたぞ金玉を取られるぞと言われたが何の事かよく解らなかった。覚えているのは、物価の激しい値上り、物がすべて不足、古着の売買も盛ん、なかには食糧と替えるものも現れた。皆、生き残るのが必死であり貧しかった。次に訪れたのがガチャ万といわれた織り物の好景気であるが、国民の多くは貧しかった。

県道に沿った堀で魚取りをしていたら、復員する兵士を乗せたトラックが故障して止まる。そこを将校が馬に乗って通る。敬礼する人は一人もいない。すると将校が怒鳴り出す、皆黙っている。暫くすると大勢の中から、一人の野次が飛ぶ、お前のような者が居るから戦争に敗けた。多勢に無勢ですごすご帰る、戦後の一コマである。

敗戦直後のマスコミ

戦争が起ったのは日本の軍国主義にあり、それを煽ったマスコミにも責任が有るとして、朝日新聞と毎日新聞は占領軍命令として新聞作りの中心たる編集に係る人は凡て占領軍の命令により入れ替えられた。読売新聞は下ネタ新聞として難を免れる。NHKは軍国主義の悪をこれでもかと放送するだけ。天気予報もなし。

この流れを変えたのは何時からと見るのは極めて難しい。占領地の住民を餓死させては国内外の世論に背く。戦に勝ってかえって難題を背負いこんだと思ったのではなかろうか。変わり目何時からとみるかは極めて難しいが、私は取りあえず、朝鮮動乱といわれた昭和二十四年とみる。

朝鮮戦争

ソ連のスターリンの命令により、北朝鮮が米軍管理下の韓国に攻め込んだ事件である。司令官のマッカーサーは直ちに在日米軍の出動と日本共産党の非合法化、警察予備隊の創設を命ずる。時の総理大臣がこの要請に答えるべく声明を発す。これに対して時の東京大学学長の南原繁が憲法違反と云う。これに対して、吉田茂総理は南原に対し、「曲学阿世の徒」と罵る。当時は占領下、占領軍の命令は憲法の上を行く。この当たり前の事が解らぬ仁が今でも多過ぎる。今護憲をうたう輩、同調する者はすべて死にたい病の信者とみなす。これが異常に多い理由が分からぬ。ひょっとすると日米安保かも知れぬ。アメリカ人はいくら死んでも日本人は日米安保で助かる。世の中にそんな身勝手な世界はどこにもない。早く目を醒ますべき。

マッカーサーは北朝鮮に反撃すべくソウルの北仁川沖の機雷除去のため元日本海軍の掃海部隊に出動要請。日本政府は運輸省職員として立派に任務を果たす。仁川上陸により戦況は一変する。釜山から七〇キロ位の所に閉じ込められていたのが反撃に出るが戦は米軍主体。米軍は北朝鮮の北端中国との国境近くまで行く。すると中国軍が人海戦術で介入してきた。以後一進一退をくり返す、マッカーサーは戦局打開のため中国本土の爆撃を進言するも、中国を対ソ連、封じ込めに利用しようというトルーマンに解任される。トルーマンは対ソ封じ込めのために、ドイツ、フランス、イギリス等を主体としたＮＡＴＯの結成を主導する。時代の変化とは時間と共に変わるものでイギリスの脱退から始まって世界全体が面白くなってきた。

その原因は何かと云われれば、官僚のより完全なものを求めようとする性癖か。時代の変化と云うべきか。何れにしても今、コロナと共に一大変化が起きようとしているようであり、凡人には只、静かにじっとしているしかない。

戦後復興

戦後の経済のどん底から立ち直った原因に大きなものが二つある。

一つは不謹慎だが朝鮮戦争、今一つは佐久間ダムの建設。ダムの建設計画はアメリカで成功したコロラド河の開発、発電事業で用済みとなった機械類の売却と愛知県の渥美半島への給水である。

昭和二十四年頃、政府は即座に同意し閣議決定してアメリカと約束する。これに対して静岡県は怒った。その理由、発電した電力は東京と名古屋に送る、水は愛知県に送る、静岡県には何もない。そんなものに水利権は許可しない。さあ、今度は国が困った（当時は一級河川の水利権の許可権限は県にあった。今は河野一郎建設大臣のときに、河水使用料だけを残し、国に移管された)。

何が何でも県を説き伏せよと、交渉の矢面に立たされたのが後の通産省になる電気事業局とかいう部署。いろいろ調べる、河の流量というもの、季節による変動の激しいもの、愛知県だけでなく静岡県の開発にも利用しないと同意は無理、静岡県の三方原台地も結構広い、そこで静岡県への水を減らすための方策として「田畑輪換」といって、田と畑を一年又は二年おきに交代させる方法、そのため県に命じて三方原台地に試験場を作るが農家の関心を得ることは出来なかったので自然に立消えとなった。三方原台地は時代と共に都市化、野菜作り、花作り、果樹と近年はビニールハウスの全盛へと大きく変化していく。水の使用量も大幅に伸びたのが上水事業であるが、今はその維持管理も大変なようである。全く世の変化とは人の好みの変化を原因とするらしいが、その掌に当人には頭が下る。人によって利用方法、使い方は変われども、一番の元になるのは水と思っている。

三方原用水事業を進める実務については、当時の電源開発株式会社、農林省、通商産業省、厚生省、建設省河川省、経済企画庁水資源課、静岡県が深く関わり、水量、全額その他細かく決め実施した。戦後日本の経済の出発点と云える時期の事であり、やむを得ないか。後講釈で、あれこれ批判するのはよしたほうがよいのではないか。

当時の行事表を記す。

●昭和二十六年十二月四日　天竜東三河特定地域の指定を受ける
●昭和二十七年十一月二十八日　第五回電源開発調整書審議会にて天竜川秋葉地点に調整池を建設することに決定

●昭和二十九年四月　三方原地区国営直轄調査開始
●昭和二十九年六月十一日　天竜東三河地域総合開発計画閣議決定
●昭和三十二年一月十八日　三方原用水事業の取水施設工事に関する覚書について、県営かんがい排水事業として施工
●昭和三十二年三月　取水施設下部構造完成　直轄調査完了
●昭和三十三年四月　三方原地区全体設計開始
●昭和三十三年五月　秋葉ダム完成
●昭和三十五年九月十二日　土地改良法第八十七による計画書の確定　官報公告
●昭和三十六年二月十四日　計画書縦覧
●昭和三十六年三月二十日　計画書確定　事業所開設
●昭和三十七年十一月十九日　三方原農業水利事業　西遠工業用

水事業　浜松地方上水事業に関する協定

●昭和四十年二月二十日　秋葉ダムより取水する三方原用水について協定（ダム負担金）

●昭和四十一年六月二十四日　天竜川筋河川流水引用並びに土地の占用及び工作物の新設等の協議

●昭和四十二年十月二十六日　同上協議の同意得

●昭和四十三年五月八日　共同施設使用に関する暫定協定書締結

●昭和四十四年十二月十日　天竜川に係る河川法協議（長石放水路）

●昭和四十五年二月十三日　三方原用水に関する水利使用規第九条に定める承認

●昭和四十五年六月二十四日　事業計画の変更後の計画概要の公告

●昭和四十五年十月十三日　事業変更計画確定

　以上が最後に残った代表的文書。比所に至る迄には、当時、電源開発株式会社、農林省農地局長　厚生省環境衛生局長　通産省企画局長　通産産業省公益事業局長　建設省河川局長　静岡県知事　経済企画庁水資源局長等広く協議検討され、事業が進められた。

　コロラド河のフーバーダム建設等に使われアメリカとしては用済みとなった機械類の購入費用は当時の東京電力の資本金と同額というがこれを高いとみるか、安いとみるかは、私はその後の経済発展と機械産業の発展をみれば大貢献になるので感謝すべきと考える。今ある日本の大メーカーもこれに依る所が多い。

水

令和元年の夏、新聞報道によると渥美半島の水不足が伝えられ、その原因は静岡県の湖西市への農業用水の分水にあるかのように報じられた。冬になると渥美半島は愛知県の誇る日本一の野菜の大産地であり、その原因は先人の行った豊川用水にあると自慢された。自慢する事を悪とは云わぬが一つ欠けている気がする。今度は副知事が出てきて静岡県は無理難題をいう国の力を借りるしかないような物云い。

愛知県に関係のない良い例を紹介しよう。東京電力の梓川の水力発電所である。

梓川は水源を北アルプスの槍ヶ岳に発し、景勝地上高地を経て梓川渓谷を作り、松本平で犀川となり、さらに千曲川と合流して信濃川となって日本海に注いでいる。原子力発電も利用し、大揚水式発電所と組合せた発電所群により九六万キロワットの発電と共にダム下流の中信平一万一〇〇〇ヘクタールの水田用水の安定確保に貢献している。その東京電力が今福島の原子力発電所の事故で苦しんでいる。もう十年になる。十年と云えば私のような年寄りの感覚でいえば一昔である。意味のない議論をすることを小田原評定という。好い加減にせんかというのが私の考え、何か風評被害とやらが今は一番のネックのように見える。よくいう困ったときのアメリカ頼み、たしかあの原発はアメリカ最大のエレクトニクス会社の設計だったように記憶する。アメリカ社会には設計責任という物の見方があると聞く。今原子力発電の最大はフランス国でその電力はドイツにも供給していると聞く。中国にも韓国にもあると聞く原子力発電というもの、必ず冷却用放流水を流すという。中国と韓国の放流水の水質を調べてもらい、日本の放流予定の水質を比べてみれば、良い結果がおもわれる。

福島から北の方は良き漁業資源の豊かな所ときく。良き料理人を育てアメリカで高級料理店の開業を手助けすれば日米親善にも果たすと思う。

夏になると世界的に海に出て太陽光に身をさらす。健康のためである。太陽光とは放射線と同じ性質があると聞く。世の中何事も恐れるだけでは前に進めない。今市中の医院で内科、歯科を問わず放射線器械のない所等ない。何事も程度問題である。

豊川用水から静岡県への分水は当所、三ケ日町と湖西市が計画されたが、三ケ日町は分水工を作る段階で財政上の理由で断る。水源の乏しい事に変わりはない。夏になると赤痢、疫痢が発生し、川沿いに伝染し死者がバタバタ出る。見兼ねた竹山祐太郎知事が都田川防災ダムの水を利用した浜名湖北部用水事業を計画し、その理事長に平山博三浜松市長を指名する。県は早速水量確保のため防災ダムの堤高を八メートル嵩上げする。事業を進めるために浜松市、三ケ日町、細江町、引佐町の行政の長と議会の長に県の農地部長が集まる。一番の問題点は事業の地元負担金の負担方法、工事期間は十年以上が予想され、此所に集った人も殆んど入れ替わる事が予想される。中々決まらないなか、誰が言うとなく三町の意見は事業が終わるまでに決めればよいではないか、これに子安県農地部長が賛同する。すると平山浜松市長が発言する。最終的には県が責任を持つのですねと念押しする。すると県農地部長が慌てて前言を翻す。結局事業の二大要素たる面積割、水量割二分の一ずつで決着する。

事業に着手してすぐ気付いた事、国とか県とかいっても、只安く最新技術を投入すれば万々歳で出来上がる、施設の利用については、全く考えていないという事。そこで関係四市町の部課長と共に新幹線で東京の農林省関東農政局水利課長の所まで陳情した。陳情内容は敷設する管種についてコンクリート製から鋼管に替えてほしい事。理由はコンクリート管と云うもの敷設するときに管の安定のためにサンド基礎を行う、コンクリート管と云うものほんの僅かではあるが水漏れする。施工場所は山の急斜面である。当時群馬県で管路事故の報道があったが、原因については報道なし。何れにしても使いものにならないようなものなら作らぬ方がよい。

工事着手前に地元民を集めて工事説明会が行われた。工事は予定線によって行う。地元民から回りの農道を利用するのでないかと質問が出る。答えは予定線に従うので一切利用しないと云う。皆感心して帰る。しかし翌日業者が地元を廻り農道使用のお願いに歩く。農林省の信用は一辺に地にぶっとぶ。以後半年位は地元民の監視下に工事が行なわれた。

又分水工全部に分水を遠隔自動で行うべく設備をしたが、一口にみかんと云っても成木もあれ幼木もあるし品種の違いもある。水の必要量はみな違うため農家の自由裁量に任せて貰うことにした。その他幹線の送水方法について、静岡県企業局が柿田川の水を熱海市に送ることについて貴重な体験をされているので、その知見を浜名湖北部用水の幹線にも生かして貰い、引佐町と三ケ日町に大貯水槽を作って貰い、後は自然流下を極力利用し管理費の軽減に大いに力を発揮していただいた。

浜名湖北部用事業が一段落すると、竹山知事と平山浜松市長が会い、天竜川の河床低下が将来の問題として気に掛る。天竜川両岸の関係者を集めたその顔ぶれは次の通り。静岡県知事・竹山祐太郎、浜松市長・平山博三、後任栗原勝市長、寺谷用水土地改良区理事・長山内克己、磐田用水土地改良区理事長・大石賢三、浜松市南部土地改良区理事長・松本忠次、完成式に出席の静岡県知事・山本敬三郎を初め多くの人の尽力によって、船明ダムの完成、安定取水毎秒五〇立方メートル、右岸側　浜松市　浜北市、左岸側　磐田市　袋井市　竜洋町　浅羽町　町出町　豊岡村　豊田町　森町、合計一万二〇三〇ヘクタールの農地を潤し、同時に当地域の上水道用水、工業用水の確保も行っている。まさに歴代に渡る遠州人の血の結晶である。

中国と云う国

私の母は昭和六十年九月に亡くなった。翌年の八月が初盆である。盆供養のため親戚の人が多く集った。そのとき中部日本新聞（現中日新聞）を見ていたら、日中友好協会々長・平山画伯の呼びかけで、日本軍が壊した南京城の修復の費用に充てるための募金を呼びかける記事が出ていたので、この事について父に聞くと、父は中国戦線に行っていた加茂栄一氏（父の姉の子）に聞くと云われた。答えはとんでもない。司令官は松井石根中将、南京城は文化財であるため壊すなどもっての外。入城式の前夜、兵が中に入ると、城内の住人が混乱するといけないからとの理由で城外に野営を命じられた。その晩はコーリャン畑で野営をした。これで生きて日本に帰れるという感慨で今でも忘れられないとの事。中国の奥地に行ったが兵は見ず、恐かったのはアメリカ兵、飛行機で空から撃ってくる。この話に嘘は無いと思うし、兵役を離れて何年も過ぎ身内同士の会でその必要性もない。なお松井中将は大将に昇格し、熱海の伊豆山に戦で倒れた敵味方の霊を祀るため興亜観音を建立した話も聞いていたので、退職後友達とウォーキングで小田原市まで行った帰りに立寄る。そのときの感じ、堂の脇の休所の天井一杯に中国人に手伝わせて川の堤防を修理する絵があった。又戦後長く総理大臣をつとめ日米親善にも力を尽くした吉田茂総理大臣が七士の碑を揮毫し、その落成式には本人が六人掛けの特製の駕籠で参列したとの事、戦犯等とは露ほども思っていない証である。

一方中国という国、証拠調べ等全くしないで中国流に名分が付きさえすれば片端からどんどん処刑する。その方法も人道等全くない。通州事件にしろ、全く人間とも思えぬ所業。

日本の政治家が対日感情改善のためにと思って始めた、対中ODAも絶対秘密で中国人には一切知らせない。この事実を日本の政治家も官僚家も知ろうとしない。これでは日本の血税をドブに捨てるより悪い。昔はいくら頭が良かった人かも知れぬが、努力を忘れた人はすべて不要であり、害を成す。

戦時中、満洲とソ連の国境で立往生していたユダヤ人を特別列車を仕立て食料も給し、中国迄救出した樋口秀一郎少将（後に中将）は、中国からの引渡し要求に対し、アメリカに亡命していたユダヤ人が立上りアメリカ政府に働きかけ事無きを得たこのニュースは、NHKをはじめどこも放送しない。もう一つ二年位前だと思ったが北欧のスウェーデンが福祉のためには生き残る事が大事と徴兵制を始めた事を伝えるマスコミは一つも無かった。

今の日本で新たな流行と云えば、樹木葬位か、何か勘違いしているようだ。こればかりは自分の力で入ることは不可能。身内が一人もいないとなれば行政による無縁仏しかない。哀れと云うしか外に言葉もない。

幼少期

馴れぬことを書いているうちに幼い頃の事を忘れていたので少し書く。

数え年八才で尋常小学校から国民学校に名称が変わった小学校に入学。年令の数え方が満年令になったのは敗戦後。入学するも病痾で長く休む。病が治り学校に行く。最初に一番困った事は授業が進んでいて、漢字が全く読めない事。算数も応用問題になると漢字が一文字二文字入ると意味不明のため全部だめ。算数の数式だけは〇~九と＋－×÷がわかれば一〇〇、一〇〇〇位まで何とかなったが、後は全然だめ。従って成績は算数だけが上から二番目の準優が一つだけ、後は最下位の可ばかり。小学校四、五年のとき、田舎町に貸本屋が来た。ペラペラとめくると漢字に皆平仮名でルビが振ってある。これなら私でも読める。読むと面白い、貸本に夢中になる、一冊五〇銭か一円だったような気がする。ときには前後の関係で当読みもする。中学に上る頃には教科書類は大体読めるようになるが同級生に発音が可笑しいと笑われる。例えば首相の事を「しゅそう」と云うが如し。

小学校四、五年の頃の学校の状況。小学校五年のとき、ローマ字の教科書の表紙が初めて厚紙になった、他はワラ半紙に印刷したものをホッチキスで止めたような代物。まともな授業等ない。新制中学が出来ると建設中の中学の屋根に乗り瓦を手渡しで運ぶし、校庭に敷く小石を川原に行き集める。新制中学が出来上がる姿の一コマである。このような時代の変化にあって今迄常識とされたものが大きく変わる。今いえば叱られる言葉を一つ。十に二十という言葉、女性が三十才になると嫁の貰い手が無いと云う意味。だから二十四、二十五才になると結婚を急いだ。

　この流れを大きく変えたのが、自民党総裁総理大臣の宮沢喜一とその後任の小泉純一郎。宮沢総理は外務省と財界からオリックスの宮内義彦を引き入れ、国民には日米構造協議といって内実を隠すがアメリカ大使館からホームページでこれはアメリカ政府の対日要求事項検討委員会ですよと公表される。宮沢総理は約束はしたが実行はしなかった。

　実行したのは後任の小泉純一郎総理大臣である。国民には郵政民営化とかの盲くらましをくれ、全民間会社々員の十年以上勤続者の一斉解雇命令である。入社十年と云えばぼつぼつ結婚を考える年、失業して給料が無くなれば結婚どころではない。徳川時代でもあるまいし家に禄があるわけではあるまいし、生活費のない者が結婚出来るわけがない。当時は専業主婦の時代、だから、髪結いの亭主は一段低く見られた時代。静岡銀行富塚支店等は支店長と女事務員一人を残して後は全部臨時雇にして凌いだという。又女性にしてもいつまでも親の脛かじりというわけにいかない。仕事に出る、仕事に生きがいを感じている間に何時しか子供を産めない体になってしまう。

かくして少子高齢化社会の実現である。これを元に戻すのは至難の事。元を作った人はどこ吹く風で今は反原発とやらで飛び廻っているらしく、電気の安定供給には関心が無いらしい。まさか行灯生活に憧れているわけではあるまいが。父親の小泉純也法務政務次官は昭和三十年六月十八日の衆院法務委員会で朝鮮人の入国状況や徴用工労務者二四五人についても内閣の公式報告等報告されている。

全く朝鮮と中国と云う国、友好をいいながらウソ作りの旨い国。日本独立の式典の際韓国の大統領は戦勝国として参加したいとするが韓国は戦争には参加していないと云ってアメリカに拒否される。どこまで図々しい民族か計り知れない。安全のためなら、付き合わないのが一番と決めこむのが一番と心得る。

戦争とは

戦争に性の問題は付きもののようである。まず初めに旧日本軍の事から。対ロシアへの恐怖心から朝鮮中国に出兵したが、軍隊と云うもの四六時中戦をしているわけではない。お互いに勢力をめぐり、対峙しているときが長い。余所から見れば暇人に見える。そこに中国人と朝鮮人の売春婦が殺到した。日本兵に性病罹患の続出である。そこで軍医の出番である。軍にとっては兵士は一番の財産。病人は兵士に使えない。朝鮮の場合、大抵一人の朝鮮人が数人の売春婦を連れ歩く事が多い。軍医が病気持ちの軍への立入りを禁止しただけで軍が売春婦を管理する必要等、更々ない。ついでに云うが、従軍

料金受取人払郵便

小石川局承認

6163

差出有効期間
令和6年3月
31日まで
(期間後は切手をおはりください)

郵便はがき

112-879

10

東京都文京区関口1-23-
東洋出版 編集部 行

本のご注文はこのはがきをご利用ください

●ご注文の本は、小社が委託する本の宅配会社ブックサービス㈱より、1週間前後
お届けいたします。代金は、お届けの際、下記金額をお支払いください。

お支払い金額＝税込価格＋手数料305円

●電話やFAXでもご注文を承ります。
電話 03-5261-1004 FAX 03-5261-1002

ご注文の書名	税込価格	冊 数

● 本のお届け先 ※下記のご連絡先と異なる場合にご記入ください。

ふりがな
お名前 お電話番号

ご住所 〒 －

e-mail @

ご記入いただいた個人情報は、お問い合わせへのお返事、ご注文の商品発送、新刊・企画などのご案内以外の目的には使用いたし

洋出版の書籍をご購入いただき、誠にありがとうございます。
後の出版活動の参考とさせていただきますので、アンケートにご協力
ただきますよう、お願い申し上げます。

この本の書名

この本は、何でお知りになりましたか？（複数回答可）
1. 書店　2. 新聞広告（　　　　新聞）　3. 書評・記事　4. 人の紹介
5. 図書室・図書館　6. ウェブ・SNS　7. その他（　　　　）

この本をご購入いただいた理由は何ですか？（複数回答可）
1. テーマ・タイトル　2. 著者　3. 装丁　4. 広告・書評
5. その他（　　　　）

本書をお読みになったご感想をお書きください

今後読んでみたい書籍のテーマ・分野などありましたらお書きください

感想を匿名で書籍のPR等に使用させていただくことがございます。
了承いただけない場合は、右の□内に✓をご記入ください。　□許可しない

ッセージは、著者にお届けいたします。差し支えない範囲で下欄もご記入ください。

ご職業　1.会社員　2.経営者　3.公務員　4.教育関係者　5.自営業　6.主婦
7.学生　8.アルバイト　9.その他（　　　　）

お住まいの地域

都道府県　　　　市町村区　男・女　年齢　　歳

ご協力ありがとうございました。

と名の付くものは記者と看護婦だけであり、従軍慰安婦なる言葉は朝日新聞社の造語である。この言葉を使う愛知県知事も日本人ならまず日本語の勉強から始めるべきで公職に就くなどもっての外。まず正しい日本語の勉強から始めるべきもの。

次に戦後日本の売春制度について。昭和二十一年一月末頃、東京は新宿で米軍が都電を停め乗客のうちから婦人だけをトラックに乗せて連れ去り、二晩帰さない。名古屋では病院を襲い看護婦三〇人を連れ去り、九州では黒人兵が女子高に三〇人くらいが押し入り、二昼夜居すわるという事件を起こす。耐り兼ねた総理大臣が全国の駐留軍の居る都道府県知事に対し、特殊飲食店と云う名の売春施設を作るよう命令する。

当時の知事は総理大臣の任命制である。任命権者の命令は絶対である。静岡県の御殿場市等は赤白青と色分けし、白人用、黒人用、日本人用に色分けされたと云い、一般名はパンパン。アメリカの空軍の大将だか中将で日本攻略に功の有った人が元日本の将校に売春婦の性病について、これでは戦に勝っても負ける事になってしまうと相談する。元将校の答えは軍医がいれば良いが軍を解体してしまったのでと答える。その後置き屋を含めて一週間に一度は保健所の検査を義務付けられる。昭和二十四年、二十五年頃になると駐留軍の人数も減ってくる。売春婦の仕事も減る。そのとき現われたのがアメリカのキリスト教の婦人団体で国会で演説する。その内容は売春制度のある国は将来共に一流国家の仲間入りは出来ない。この演説に飛びついたのが旧日本軍の広報活動をしていた女性、口は甘いので参議院議員に当選する。この人の秘書になったのが民進党（現・立憲民主党）で二番目の総理となった菅直人総理大臣。福島原発事故で威張るだけで何も決められず、今日の状況を作った張本人、今も元総理と云う肩書きだけは自慢しているようだ。

ソ連軍の性について日本男性の目撃談。列車を停めると、臨検と称して乗り込んで来る。乗客のコウモリ傘を見付けて武器ではないかと質す。女性客をホームに連れ出し、ホームで衆人が見ているところで犯す。女性は恥ずかしさに両手で顔を覆うのみ。歌手の加藤登紀子が赤ちゃんのときの母親の話だが、日本女性はソ連兵からの性被害を避けるため、頭を坊主にしたり顔にスミを塗ったりした。なかなか防ぐのは困難だったとの事。なにしろソ連人とは犬みたいなもので、衆人が見ている前で平気で性行為を行う。だから登紀子さんの母親は外出のときは護身用に何時も赤ちゃんを背負っていたとの事。

ドイツでの話だ。地下室の壁にそって高い所に細長い棒を渡し、女性を素裸にし両手を棒に縛り付け、大勢のソ連兵によりどりみどりで自由に犯させたと云うが、もっと凄惨なのがカチンの森事件である。ドイツの東方、カチンという所で大量の人骨が発見された。初めは何か不明であったがその後の調べでソ連に捕らえられていた大量の捕虜の死と分かった。当時も今も国際基準違反である事には変わりはない。第二次大戦後の日本兵の扱い、北方四島への侵攻、すべて国際法違反である。評論家とか文筆家といわれる人種の多くは日本には言論の自由のもとに嘘八百で飯を喰う人の何と多い事か。憲法等不磨の大典でも何でもないが、嘘八百で飯を食っている人に取っては食の種がなくなると心配のようである。

リニア工事

リニアとは元々国の技術と思っている。ＪＲ東海が当初その工事に着手し、日本を代表する建設会社、鹿島建設と間組に技術面の検討をくり返し検討させて、両社は新しい仕事として会社を挙げて全力で取り組む。仕事の匂いを嗅ぎ付けた業者が手を出そうとする。会社の知力を尽して協力していた会社は自分の会社の仕事と思っていたと思う。但し信頼関係だけで契約はなし。ここに飛び付いたのが久しく仕事がなく歓呼の声もなかった警察の特捜部とやら。これに対しＪＲ東海とやらは今までの事はすべて忘れて、これ幸いと窓の外に放り出したと年寄りは勝手に想像をする。これも言論の自由か。リニア等この年寄りは乗ろう等と全く思わない。只静岡県の権利だけを守ればすべてよし。

話は少し前に戻す。

令和元年の夏、渥美半島で起きた水不足の原因は静岡県の湖西市への農業用水の分水に有るかのように云われた。冬になると愛知県は日本一の野菜の大産地であり要因は豊川用水に有るとされる自慢記事。

これはアメリカの発案で始まった佐々間ダムの恩恵によるものである。愛知県は何等意志表示していない。佐久間ダムの水を年間四〇〇〇万～五〇〇〇〇万立方メートル豊川水系に流したが、愛知県は関知していない。国は水利権限を県から取り上げた以上、この事実を愛知県に知らせる責任がある。水と云うものの価値を知って貰うため必要なら佐久間ダムの水を豊川水系に流すのを止めてもよい。リニア等問題外で静岡県等通らなくとも、長野県を通っても、日本全体の事を考えれば北陸もあるし、日本の開発のためならどこでもよい。徳川時代は北前船と云って日本海航路が主流で有った。今のコロナ騒ぎが収まるまで世の中どんな変化が起きるか予測不能である。

静岡市民は報道によるとリニアに前向きのようである。今新たに静岡山間地に太陽光発電事業が東京の業者によって問題提起されたようだが、頭は優れているようだが本質的な事を見落としているようだ。この政策は民主党政権で始まり、わりと庶民受けのする面もある。この事業の本質は陸地を海に変える事、一般家庭の屋根位なら害はないが大規模化すれば必ず害をなす。事業の性格が無数の小さな海を作るような物だからである。

確かめるなら同じ静岡県の牧之原市に有る。私が見たのは二〇年位前、今どうなっているかも知らぬ。今は電力会社に買い取らせて一般家庭の値上げでごまかしているようであるが、その分の値上げが月一〇〇〇円位になっているようだ。この政策もそろそろ限界のようだ。今の時代、何といいわけをしても庶民からゼニを取り上げるのは難しい時代。しかし誰かがやらねばならぬアーメン。

願　望

［2021］

願望

昔、中国の皇帝は、不老長寿の薬を求めて世界中に舟を出したと云う。未だ地球が丸いこともアメリカ大陸の存在も知られていない時代に、日本にも来た。その一艘の記念物が、和歌山県の海岸にあった。立派なものだった。

若い頃旅行してみたのだ。大きく立派なものだったから、今でもあると思うが場所は忘れた。

年をとると理解できなくなる事が多い。その主なものを挙げる。

一．地球温暖化問題、太陽光発電事業だ。地球温暖化問題は、世界を代表すると云われる、二人の科学者の論争から始まったと記憶している。片方の科学者がその論拠を示せと迫るも、桁外れの高額な著作権の請求により、論争は中断し、この片方の言にドイツ・フランスに米国も同調したので、日本も参加し、パリ議定書とやらが出来たと記憶している、そのとき、中国は貧しい国として努力義務は免除される。

その後中国はめざましい経済成長をとげ、世界第二の経済大国となる。又、中国はアフリカの貧しい国に石炭火力発電所を輸出しているし、南米の貧しい国では一部で焼畑農業も行なっている。これらに対して何の発言もない。地球と云う乗物、人にとっては共有物と考える。こわれるときはみんなパア、利害がどうのこうのと云うヒマはないはず。何とか収める方法はないものか、未だ一人だけの抜けがけは不可能のハズであるが、そればかりを考える人さま、良い薬はないか。

私の考えは、まず論争の根拠に決着をつけること。国連予算を使っても、この地球上には大古の昔から不明な事は幾らでもある。一つずつ確かめていくしか手はない。早とちりは間違いのもと、昔の人の云うとおり。

次に地球温暖化対策とやらの太陽光発電事業について、私が初めて太陽光発電の現場を見たのは数年前と思っていたが実は二十年以上前らしい。静岡県の牧の原の現場の現況をもう一度見ようとしたら、息子がそんなに遠くに行かなくても浜松市内に幾らでもあると云うので、息子と浜松市村櫛地内の現場を見に行った。工事は実によく出来ていた。私の感じでは、陸地を小間切れの海に変えたように見えた。

発生した電気は、大手電力会社が買い取り、広く全国の一般家庭の電気料金に上乗せして決済する方法らしい。この制度は民主党政権時代に始められたが、割と庶民の受けが良いので、自民党政権になっても続いている。

国会の先生と云うもの、日本人の悪癖、と云うか外交でも内政でも、「金科玉条」が最善で自分の頭で一切考えようとしない。これは美徳と云うべきか、悪癖と云うべきか、判断に大いに迷う。

令和二年十月、国のある省が、民間業者と契約を結び、太陽発電の電力を使い、酸素の製造を命じた。ところが作業を始めると、太陽光発電と云うもの、雨天とか、夜間になると電気がない。やむを得ず一般電力を使い製品（酸素）を納めた。ところが役所の方は、契約違反として契約解除。テレビで一度だけ放送したが、翌日のテレビ、新聞で報じる所なし。国会が始まっても、与党も野党も一切言及なし。この平和な日本に昔の戦国時代以上の秘密がかくされているとは信じ難い。特大ミステリーと云うしかない。

この秘密の元は、太陽光発電にあり、膨大な太陽光発電の買い入れによって、日本の大電力会社の経営もおかしくなり、昨年暮れの電力自給の問題も表面化する寸前までいったが、この原因のすべては、太陽光発電の異常な増加にあると見る。無学の者が僭越ながら、充分ではないが一案を申し上げる。休止中の原子力発電所の電力と静岡県は深い山が多いので揚水式発電所を作り、太陽光発電の有効利用を計る、全部とはいかない。電力は戦前迄、国の事業である事を今一度思い出すべし。

だが、事業を進めるにあたっては、東京電力の梓川発電所の知見の利用と国民への減税を併せて、お願いしたい。

地球と云うもの、凡人には解らぬ事が多い。人は人の話題が消えるとすぐ、関心も無くなるらしい。天災と云われる災害もその一つ。ひと頃、地磁気の測定がどうのこうのと話題になり、その測定場所として、静岡県の山中と、群馬県の山脈の地下が話題になったが、経費が高額となり、資金面で中止となったように記憶している。

コロナ騒ぎで、人の多い所は避け人のあまり行かない所を廻った。思い掛けない発見が数多くあった。春野町を二回と佐久間ダムから愛知県に出て帰る。次に愛知県から長野県に入り、水資源公団のダムを見てよく整備された二車線道路を北に行き、木曽川の分水点を通り、北に抜ける。この分水点で気付いた事が二つ。まず南側、夥しい数の夏用の別荘と思われる建物、北に抜けると冬のスキー客目当の建物に各家々に備蓄されている薪の量、プロパンガスのボンベ等一本もない、同じ県内でも環境が変われば、こうも変わるものかと、静岡県民の御目出度さも、大概にしないと生き残れないと感じた。

長野県は、乗鞍高原に向い、梓川沿いのダム郡を結ぶ長大な二車線道路トンネル郡と、静岡県の天竜川沿いの国道の交通止め、同じ日本国内の道路行政かと、疑問を感じる。国道を管理する意志の有無さえ疑がわしく感じる。

更に付け加えればダム湖面のきれいな事、これも静岡県は甚しく異常である。まず論に入る前に山の中のくらし、二俣町の北の端から東に入り、県道を水窪町に向って山住峠に行く、気田《けた》川の発電所の中前に一軒の民家あり、囲りに見えるのは川沿いの栗の木と日の当たる所を利用した少しの畑、山住峠は、神社に神官一人、と土産店が一軒だけ、若い頃に一度だけ行った事があるが、数十年前と全く同じ。

別の日に同じ道を入り、国道になっている道を通り、大井川の流域迄行く。浜松市側は始めは二車線道路、奥に行くにしたがい細くなり、そのうちに大型車通行止めとなる。しかし山合いに二軒、三軒と集落あり、日の当たる所には僅かな水田も見える。いずれも日の光と谷川の水を頼りに生活しているとみる。日の光と谷川の水が命の源泉と強く感じる。

昔の人の言葉を思い出す。「人は日の光と水と塩があれば生きていける」と。私達は何と贅沢な暮らしの思い、人の思いは様々かといろんな考えが交差する。坂道の頂上とおぼしき所があり、何かの材料置き場の感じ、平坦な道を少し行くと山道に入り、下りとなる。なお行くと道は急に広く良くなる。

車を止め外を見る。広い畑が広がり、とても山の上とは思えない景色、所々に立派な家もある、商店はなし、天竜川の上流を見ている者にとっては全くの別世界、違いに驚き、道を下りる、道路も橋も立派である。鳥田土木の看板が見える。同じ県でも浜松土木と随分差があるように感じた。

念のためと思い、大井川鉄道の駅舎を見る、こちらは昔ながらの木造であった。昔は栄えたらしく、古い商店があった。何事も世の変化についていけない者が出るのは世の習いか。大きく云えば国でも県でも同じか。

天竜川は昔、暴れ天竜と云われ、佐久間ダムを作るとき、これで水害も失くなると云ったが堤体の完成直後、一度だけ、水害を起こした。あれから六十有余年、今は覚えている人もいないかも知れない、それから天竜川は、筏流しでも有名で、今の二俣市等はそれで栄えた町で、国道が出来たのも、ダムにより筏流しの中止への補償の意味もあったと思う。いろいろな過去の事も含めて政治に係わる人は広く気を配ってほしいものだ、そう云う意味で伝えば小選挙区制度は最悪の選挙製度である。

今後一〇〇年過ぎようが二〇〇年過ぎようが佐久間ダムが絶対に

溢水する事は防がねばならぬ、浜松市民と磐田市民の命は守らねばならぬ。災害と云うもの、起きてから、どうのこうのと云う人が多いが、人が死んでから生き返る等と云う事は絶対にない。

最近、佐久間ダムを見に行って一番驚いたのは、ゴミの多さが尋常ではないこと。参考にダムの記念館を見ようとしたら、コロナ騒ぎで閉館中、このまま放置すれば、大水害の恐れありとみた。以下私なりの案。

一．ダムの上流の道路が行き止まりとなっているのを、二車線道路として長野県まで延ばす。併せて大井川の上流とも二車線道路で結ぶ。佐久間ダム記念館を改築し観光施設の一つとすると共に佐久間ダム建設時の思いを再確認する。佐久間ダムの電力は東京と名古屋に送られ、当時焼け野原であった東京と名古屋の街に火を点す。東京、名古屋の復興の原点であると共に日本の電力は富士川と長野県の梓川を結ぶ線で東西に六〇だか、五五サイクルに分断され、電力を融通する設備はスイス製で世界にも他にないとの事。佐久間ダムの重要性は昔と変わらない。この佐久間ダムを静岡県の誇りとして佐久間ダム湖を国立公園にすればゴミの問題も解消すると思うし、遠州全体の安全を保障することになると確信する。

日本の歴史

日本と云う国、改めて、国文学を中心に確かめたくなった。全日本史の本を買ってきて読むと、聖徳太子は実在しなかったと云うのが一番の驚き。

若い頃、佐渡に旅行する。そのとき民謡の先生と一緒になり、いろいろと話を聞く。佐渡の代官の一番の関心事は、金の採掘の成績を上げる事。採掘に従事する人は毎日地下作業、日光に当たらないので、一年足らずで皆、死んでしまう。いくら何でも死人に働かせるわけにはいかない。少しでも長く生きて貰う方法はないかと考えた。そこで考え出されたのが女である。夏の盆の夜、奥さん全員が笠をして、代官の前に出頭する事、笠は美醜の区別をさせぬため。拒めば所払いの刑に処す。今の時代劇の映画では所払い刑を有難がる場面があるが、所払の刑の生存率は十分の一以下、だれしも命は惜しいので従う。所払いの刑を有難がる場面が映画などにあるがやめるべし……。

代官の目論見は見事に当たり、寿命は一年以上に伸びたと云う。又、これが佐渡おけさの原形になったと云う。

話し変わるが、東北の三大祭りの起源を聞いた事が無いので、勝手に想像する。江戸時代は凄まじい大飢饉が起っている。村ごと死に絶えた所もあると聞く。時が立ち、これの供養のために始まったと云うのが私の推測だ。

次は徳川時代の鎖国制度について。秀吉の時代、その直下の大名にキリスト教信者がおり、南方でキリスト教信者に不都合な事態が生じた場合、出兵の義務を負わされていた。これは国家に対する主権侵害である。そこに政権成立直後の島原・天草の一揆である。小さな事が針小棒大に見え鎖国につながったと思う。

鎖国とは悪いことばかりのように云われるが、怪我の功名とも云うべく良い事もあった。それは十七世紀のペストである。これも中国で発祥しヨーロッパに広がり、人口の三〇パーセントが死去したと云う。日本は鎖国中のため入ってこなかったと云う。今のコロナの比ではない。まだ、コロナの収束は見えないが、ワクチンの開発もあり、人口の三分の一が死ぬような事はないと思っている。ワクチンの開発頼りだが今は静かに待つのみ。これが年寄りの知恵、外に考える事なし。

今、原爆反対と云っていれば平和が来る等と云っているのが、一番の脳天気。ウソと思うなら、中国に行って云って来なさい、恐ら

く生きて帰れないから、安全な所に身をおいて、出来もしない事を
云うのは最大の悪とみなす。

倒幕

長州が倒幕方針を決めた原因。松下村塾の創設者・吉田松陰は若い頃、全国を旅し多くの事を学んだと云う。その中に水戸藩の国学者、藤田東湖が入っていると思う。

当時ロシアも日本に開国を求めてきたが、幕府に門前払いを喰され、沖縄まで行き、手ぶらで帰る。帰りに北海道に立寄る。日本人数人を殺すこの情報、幕府は箝口令をしいて何もしない。水戸家の主は幕府の一員と云うことなり、日本外史の編纂に打ち込むだけ、完成は明治に入ってからとなる。この情報を藤田東湖から聞いた松蔭は日本人の命を守ろうとしない、幕府と云う組織そのものに存在意義を失い、倒幕方針を決めたのが私の推測。

また水戸藩は、維新前後に日本史上ないような凄まじい事件を起こしている。

水戸藩は御三家の一つとして、参勤交代の義務が免除されていた事と重なり、江戸勤め、国勤めが固定化されていた。これがためにすさまじい悲劇を起す。幕末、大老の井伊直弼を暗殺したのは、水戸家の国勤めの武士、処罰の対象になったのは、手を下した武士ではなくその奥さん、誠に理不尽としか云いようがない。

明治維新後、新政府は仇討禁止令を出すも、水戸家は新政府に対し、仇討許可願を出し、今度は元江戸勤めであった武士の奥さんが犠牲となる。その方法は極めて陰惨きわまりない。深さ七〇センチ位の水牢を作る。人間眠らねば死ぬ、深さ七〇センチと云うのはすぐ死ぬ事はない勿論手すり等ない。長時間苦しみぬかせて殺す方法。

誰が考え出したかは知らぬが、きわめて残忍であり、きいただけでも胸が痛む所業である。その原因は永年に亘る人事の固定化にあるとみる。

日本人の命を守る事に関心のない、幕府の存続の意義を見失った松蔭は松下村塾を開き、若者の心を掴むも、幕府に捕えられ、獄死するも若者の意志は変わらない。この空気を察知した幕府は、長州征伐軍を長州に向けて発進する。藩論も態勢も固まっていない長州は、藩の重役一族七人を幕府軍に向け送り出し幕府軍の前で謝罪し、全員切腹して果てる。この七人の人達は今でも長州で忠臣として祀られていると聞く。

戦は必ず勝つ見込みがなければするものではない。その伝でいけば、第二次世界大戦における山本五十六元師の真珠湾功撃は最低か、或いは三〇〇年前の戦国時代にあった考え、発想と云うものは、難しい。今またコロナとやらで変わるらしいが、年寄りはとてもついていけないから、じっと見ているしか手がない。三歩でも五歩でもよい先は行く等、更々考えない。

　幕末の戦、数の多い方が勝つと云う発想のうえに、いろいろ準備を始めると、今は島根県の津和野藩が絶対中立を叫び、国を固めている。このため、戦等に関係のない島の住民まで集めてこれを奇兵隊と名づけたりしたがまだ人が足りない。目を付けたのが全国の神社の神官である。ところが倒幕の最中、何者かによる寺の打ち壊し事件が発生する。これが神官によるものとみられ、村を追われた神官の生活が困窮する。寺は各家の位牌を守り、今の市町村役場のような存在。村を追われ、生存すら難しくなることを見兼ねた医官上がりの官軍の実力者が、長州の各所に存在する招魂社の名を取り、東京招魂社と神官の救済するも、明治十年、鹿児島県の変で西郷隆盛が死すと、明治新政権樹立への感謝が足りないとして、東京招魂社が、靖国神社と改名される。なお、靖国神社を作った軍人の乗馬姿の銅像は今も現存していると思う。本人は何者かに暗殺されている。

靖国神社には、国家に殉じたと見做された人が祀られている。例えば、明治新政府と外国勢との談判において、日本側は鎖国の継続を主張するも、それなら大阪(当時は大坂)の町を焼き払うと云われ、開国で妥協する。急な方針変更のため、新たな悲劇を起す。大阪の南、堺港事件である。明治新政の一翼を担うと自認する徳島県の土佐藩の上級武士十一人が堺に警備に来ていた。そこに運悪く、明治政府の開国を信頼したフランス人が遊びに来る。明治政府の開国の決定を知らない土佐藩士は、このフランス人を切り殺す。さあ大変である。日仏協議の上、これに関わったとされる武士の切腹と遺族への賠償金の支払いである。賠償金の支払いは土佐藩が行う。切腹は近くの寺の境内で一人ずつ、真新しい畳を取りかえつつ行われた十一人である。フランス人の立合いの下、立合人のフランス人も最後の方は辟易していたと云う。この人達も明治二十七年に靖国神社に合祀されたと云う。

戦と云うもの、勝ち敗けの見込みがつけば敵、味方の区別もはっきりするが、その前に手勢を殖やす事に全勢力を一点に集中する。人柄など見る余裕はない、長州も幕府と戦争の法意を固めるときは人集めに必死である。そのため、奇兵隊と云って戦などした事のない、農民や瀬戸内海の漁民まで集めながらまだ足らず、全国の神社にいる神官まで集めた。

幕府側は京都、大阪の新選組活動と長州攻めで銭を使い切っていたため敗れた。

勝った長州側の主だった者は東京に出て、出世するが、農漁民上りの奇兵隊出身者には何もない。俺達にも何かあって然るべくと騒ぐ、長州藩もその意向を受け入れて、謝礼を出す。ところが臨時の金と云うものすぐ使い果たす者もいる。大勢の中には脅かせば金は出ると云う人もいる。それがだんだん増えてきて、薩摩藩の西郷から鎮圧の為に兵を出そうかと云う相談も来る。これは捨ておけないと覚悟が決まり、広場に呼び出し全員射殺する。過大な欲望は個人でも、団体でも、国でも同じか、心しなければならぬ事。今コロナ騒ぎで世界中が荒れているように見える、各自の身の安全のためにも、軽挙妄動は、厳に慎むべき時代とみる。

明治新政権の仕草、一般には武士の帯刀禁止・貴族院を作り、元の大名を華族とした事は云われるが、もう一つ大きな事がある。それは全国民の呼び方の統一である。国民の呼び方を姓の名に分け、呼び方を統一した。何時の世でも力のある者とない者はいる。人の常として力のある者はすぐ貰えるが中々貰えない者もある、政府命令だから、落伍者を出してはない。私の家は庄屋を四代続けた家、血縁はないが新家、本家と云うことにして苗字を分けた家がある。落伍者を出さないのも庄屋の責任である。政府命令で人の呼び方を統一するのは、大変な作業である。これを考え出した人は、相当な学者とみる。

性病

日本に性病はなかった。無いことによって発達した文化もある。浮気絵と花魁文化が代表と思っている。入って来たのは明治の開国と共に。

今浮世絵が海外で人気とは皮肉としか云いようがない。東京の観光名所、浅草の雷門も、売れっ子の花魁が坊さんに性を商いにしているから、戒名はあげないと云われ、それなら、現世に幸せを残すと蓄えた財を注ぎ込み、作ったものと云う。見事と云うしかない。今浮気絵が海の内外で人気だからと云って現代の画家が画く事は不可能である。だから価値がある。

また、明治の初め頃まではあった、盆の夜の夜這いと云う風習もなくなった。若くして夫を亡くした女性の一年に一度の盆の夜、雨戸の一部を少しあけ、若い男を迎え入れ、性を楽しむ、僅かばかりの楽しみも無くなった。様々な風習も時代と共に変化する。前時代の事を後時代の物差しで批判するのはよした方がよいと思う。最近何となくそれらしき事が多くなったような気がする。

災害

小さい頃、地震、雷、火事、親父と云う言葉があった。今は親父の言葉が消え、代わりに子供いじめが発生したようである。災害防止も声高い云われようである。私は日本は地震国と思っているので、明治以前はさておき、日本の大地震と思っている、関東大震災を今一度確めたくなった。

大正十二年九月一日午前十一時五十二分、震源は相模湾北部M七・九、東京、神奈川、千葉、埼玉、静岡、山梨の一都五県に甚大な被害、建築物の崩壊、山崩れ、地震後の火災、火災による多くの死者、死者行方不明十四万二八〇七人、全壊家屋十二万八二二六棟、焼失家屋四四万七一二八棟、廃墟被害率三二パーセント。また神奈川の西部では、崩れが多発し、根府川の山津波により一〇〇～三〇〇万立方メートルの土砂が激しい勢いで流れ下り、一七〇戸の集落を呑み込み、東海道線根府川駅に停車中の列車をのみ込み海中に転落し、乗客一一二名が死亡すると云う事故も起きている。

これら記録の対応は、政府への要望の肥大化であり、後は大して変わらないような気がする。阪神淡路大震災、北海道南西沖地震、東日本大震災と、何年おきかにより、日本全国で起きている。これらの記録と対応をみると、少し改心して常の用心をすれば、防げた事が余りにも多い気がする。政府に頼るよりも、常日頃の用心こそ大事であると改めて思う。

二年位前だったと思う。福祉で有名なスウェーデンが、生き残る事が最大の福祉だと云って徴兵制を始めたが、日本の報道機関で取り上げた所は一社も知らぬ。それどころか憲法を改正すれば戦争になると騒いでいる、死にたい病患者の何と多い事か。少子化問題など小さい、小さい。

関東大震災のとき、日本人のアメリカへの入国は禁じられていた。そのため餓死するよりもと云って、東北と長野を中心とした地域から満州に渡った。

日本人のアメリカへの入国が禁じられていた理由は不明であったが、その理由付けが出来たのでそれを書く。明治維新の初め横浜港だか横須賀港に停泊中の舟から、夜通し泣き声が聞こえたので、聞いた漁民が政府に届け出る。政府が調べる。中国人の奴隷船と判明、無事解放される。

ルーズベルトの母方は、中国人の奴隷貿易で巨万の富を得たと云う。ルーズベルトは若いとき何かの理由で身体障がい者となる。母方の巨万の富を教育その他に注ぎ込み、その甲斐あって大統領にまでなった。奴隷としてアメリカに入った者は、自己主張などしない、ヨーロッパ人は白色人種である。ヨーロッパからアメリカに入国した者は一年位で市民権を得る。それをみた日本人は同じ扱いを求める。日本人と中国人は肌の色が一緒、これが高じて、一種の人種差別とも云うべき事が生じた。これは現代も続いているような気がしてならない。いわゆる地球温暖化対策、中国のアフリカの貧しい国への石炭火力発所、贈与については一言も云わないが、日本の太陽光発電等まだ努力が足りないと言う。これは一種の人種差別ではないか。

日本の名声の為に

日本の名声の為に、静岡県と山梨県と長野県と組んで、三県の交じわる所を中心に世界一の山岳観光地の建設を提案したい。財源は静岡、山梨の山々を利用した、揚水式発電所の建設により、使われていない太陽光発電の利用によって捻出する。そのため九電力に対し、太陽光発電の利用実態の公開を求める。

日本の矜持

［2022］

昔の思いと記憶

八十五才にもなり、身辺整理をしていたら三十年前の自分の作文を発見した。これにより自分のものの見方の変化を改めて知る事となる。これは私にとっては極めて重いものに見える。なぜなら善と悪とか云うが時と共にその内容が大きく変わる事を発見したから、その変化こそ記録する価値が有るものである。

靖国と鎖国（奇論・狂論）

この住み良い国土に恵まれた日本人が日本国民として代を重ね続けて行くためには、靖国神社に誰れ彼れの関係なく何の気兼ねもなく参拝することが出来るような環境にすべきである。

これに反対する中国、朝鮮（南北）等には、明治維新時には「堺港事件」を参考に交渉し、努力をしても纏まらないときは、中国、朝鮮に対する鎖国をも止むを得ないことと思う。

一　堺事件

慶応四（一八六八）年二月十五日に堺港に上陸したフランス海

軍の兵士を土佐藩士が殺し、それに係った土佐藩士箕浦猪之吉含む二十名が処罰として切腹した。土佐藩から遺族への十五万ドル（十一万二二五〇〇〇円相当）の賠償の別にである。その後日本政府はフランス政府の承諾を得て、大正九年、切腹した十一士について靖国神社に合祀を決めた（平成十三年九月十三日、合祀の事実を電話確認）。

二　靖国参拝にこだわる理由

中国の反日教育は田中角栄元総理が日中国交回復後、年を追う毎に激化しているようにみえる。国交回復とは、日本の感覚では過去には、いろいろあったがこれからは交流を深めよう、親交を深めようというものだ。ところが、これが日本の片思いで、中国ではこれから戦意を高めようという事らしい。

これを放置したときに何が起きるか、私には、かつての「済南事件」「通州事件」の再来が危惧される。今は中国を訪れる日本人が毎年二〇〇万人とも云われ、仕事での単身居住者も数十万人と聞く。今は国際会議も開かれ、心配ないと云うが、かの北朝鮮を脱出した者の瀋陽領事館での扱いとその展開を眺めるととても安心出来ないし、日米安保があっても北朝鮮に拉致された人達の救出も儘ならない現況では期待すべくもない。弱い者には近づかない努力をするくらいしか思いつかない。

どのようなときが危ないか私なりに推量する。韓国で突然に従軍慰安婦なる言葉が浮上し、反日の炎が燃え上がったときと思う。日韓国交がなり、多額の経済援助等を日本が韓国に対して行い、日本企業もそれに付随して進出したが、援助が満期を迎え、日本から資金提供が止まろうとしたときに発生したと記憶する。援助といっても三年も続けば貰うほうは当然の権利として習性化するのが一般の習い。事の真実など二の次。当時は反共一点張りで、自由世界の団結が求められたとき、援助続行に政府解決が図られた旨、当時韓国に企業も自分達の存続を掛けて自らの国、日本政府に政治家も総動員して、資金提供を働きかけたことは想像の範囲である。利に賢い中国がこのことを勉強しないなどあり得ないと思う。

日本でも関東大震災のとき、民衆が朝鮮人を襲い殺傷したことがあったその原因は、朝鮮人によって井戸に毒物が投入されたと云う風評であると聞く。翻って中国では「済南事件」「通州事件」前の大正末期には既に凄まじい反日教育が行なわれているのに、終戦時の内務大臣安倍源基氏は衝撃を受け、内務本省に報告したとされる。

（「正論」より）

世の中順調であればまず問題は起きない、がしかし如何なる会社でも国でも永久に成長を続け、右肩上りに上昇を続けることはあり得ない。日本も当然そうであり、昨今の株式不況、経済をみれば説明を要しない。

がしかし、日本から資金提供を受けていた国は、国連を含めて貰うのは当然の事、権利とさえ思っているようである。問題は能力が無くなり、供出不能と相手側の不況が重なる事態が生じたときに悲劇が発生する可能性が高くなると思う。そうしたとき無知なる者、烏合の衆ともいうべき人達に流言飛言が生じたときが一番恐い。昔から革命はそれによって始まっている。

靖国参拝にこだわるのは反日教育の象徴とされているように思えるからである。

三　靖国神社の内なること

靖国神社の前身、東京招魂社は、明治維新に協力した神社の神主達が維新後郷里に帰れば寺側の迫害を受け、生命財産に及ぶ危害に耐え切れず生活に困窮しているのを救済するため、大村益次郎氏が郷里の山口県の招魂場に倣い「東京招魂社」を作った。西郷隆盛の西南戦争を受けて、菅原道真を祀った「天満宮」の例に倣い「明治維新国造りに力を尽した人達の鎮魂」の意味を込めて「靖国神社」に改名したと元静岡新聞主幹で旧軍参謀本部出身といわれる大井篤氏の論を読んだ記憶がある。

徳川から明治に変わるときには、国を守り、興す目的に多くの人が相争い亡くなった。その中には、明治になってからも政府から正式な仇討ちの許可のもと悲惨な死を遂げた水戸家中の者、政治を天皇に帰した後に賊軍の名のもとに亡くなった者、戊辰戦争等には大いに利用されながら長州藩の内乱（元治の内乱）等で亡くなった者。

明治六年政変が続く佐賀の乱で失くなった人達など限りない。賊などと云われ、未だ望んでも靖国神社に祀られていない人が多くいる。遺族が望めば凡て祀られると云う英断がなされることを望む。

死すれば神の日本的精神、未だ会津を筆頭とする東北地方の反長州感情の解消等が内なる靖国問題と私は思う。

四　大東亜戦争の敗戦

この日本が米英等に戦争を挑み、壊滅的損失を受け、米英支蘇四国に対し、敗戦受諾するを決定した。昭和二十年八月十四日の気持ちは「終戦の御勅」に凡てが表わされていると思います。

御詔勅の通り、我が民族の滅亡と文明の破却を防ぎ堪え難きを堪え偲び信義を守り子孫に伝え世界の範たることを期して意を固めたものとみる。

この戦争で確かめておきたいことは、戦争が行われた戦地は緒戦のハワイを除けば、内戦中の中国領内と欧米列強の植民地たる東南アジアであって、朝鮮（南北）は日本に併合中であったこと、朝鮮併合は露国が租借支配中の満州を主戦場とした日露戦争の結果であって、朝鮮と戦争をして併合したわけではない。

五　日米戦争

米国政府は、日露戦争の和議については、その講和条約成立についての調停に大変な努力を傾けて成立に導いた。その成果以上のものを日本の降伏確実な状況下の最後の一週間の参戦で露国に渡した。

ほぼ同じ内容のものをハルノートとして日本の参戦を促したが、

日本のハワイ爆撃一時間二十分前に日本の潜水艦が公海上において、攻撃を受け沈められている。また米国は日本の暗号を解読していたという。従ってハワイ開戦前から双方とも実質戦時状態にあったとみるべきと私は思う。

米国は、日露戦争和議の調停に際し、朝鮮と対清国権益の確保をすすめ、第一次世界大戦では日露戦争で得た対清国権益の期限の延長を中国に認めさせるのに協力したと云われるが中国市場をめぐっての欧米列強との争奪戦は水面下を含めて激化して行くのは、自然の成り行きと思う。

その起点とも位置すべきものとして、鉄道王ハリマンと日本政府との違約にあると思う。日露戦争調印時に、その交渉のための全権大使小村寿太郎は体調を崩し帰国していなかった。講和条約文の内容も分からない内に明治三十八年、米国グレート・ノーザン鉄道会社社長ハリマンに、講和で獲得することになった「南済州鉄道」の権益について共同経営の名のもとに井上馨元老の圧力で売り渡す約束をし、予備協定書まで交された。それをルーズベルト米大統領の仲介で講和条約を成立させ帰国した小村全権大使に阻止され協定書は反故にされた、それが起点と私には思える。

親善として付き合う分には人はよいが、契約となれば日本人の想像を超えてシビアな人達であることは「特命全権大使岩倉具視使節団」が日米不平等条約を改正しようとして、見事に交渉に失敗していることから、十分承知していたはずである。

期待していたものが失なわれれば心に恨みが残るのは人の常である。もしこのとき多額の政治資金が働いていたとすれば恨みは怨恨に変わる。井上元老については、旧盛岡藩の外債処理にからんで発生した「尾去沢銅山事件」等々の金銭に係る風評の多い人であることで全くないとは云い切れない。金は国を興すことも滅ぼすこともある。平成（執筆当時）の今、国の財政の半分は、国債と云うのに対中協力、対韓協力、ＯＤＡとか外国に金を使うのに熱心な国会議員が与野党を問わず、余りにも多くみえるのは、貧乏人の僻みか気になるものである。

井上元老の云うように共同経営にすれば米国が日露間の緩衝役となり日本の安全になったであろうか、まずその予備協定書の内容である。

①満鉄の改善及び完成に必要な資金を調達するために日本シンジケートを組織する。

②炭鉱採掘権をふくむ満鉄の付属財産について、共同かつ均等の所有権を保有する。

③満州の諸企業の発展にかんして、両当事者は均等に利益を受ける。
④満鉄の付属財産は両当事者の共同代表者の決定すべき実価で買収される。
⑤シンジケートの両当事者の代表権および管理権は、均等とする。
⑥「日支」戦争または「日露」戦争の場合は、満鉄は軍事輸送について日本の命令にしたがう。ただし、日本は報償を支払い、攻撃にたいして「防護の責任」を負う。

利益は折半だが危険負担は日本、利益を受けるのは鉄道会社であり、防衛責任は国家だと云う。地域の住民に不満が生ずれば国家だと云う。地域の住民に不満が生ずれば理由の如何に拘わらず統治者に向かう。まして戦争の訴えるのは「黄河」の水の清くなることより難しいと諺に云われている時代であるし、その後の展開をみても、井上元老の主張を裏付けるようなものは見当らない。それでも一度は期待したものが失われると恨みが残る。東京裁判が国際法規たる「不遡及の原則」を犯してまで「満州事変」の追求が始まっているのは出来すぎとみるのは私の思い過ごしか。

六　東京裁判

開戦時の米大統領の祖父は香港在住時に、巨万の富を築いた人、占領軍総司令官の父は、フィリピンに膨大な権益を持っていた人と聞くがそれは別として、米国は政治の最高権力者を選挙で選ぶ国である。

政権は国民の信を得なければ維持出来ない。まして戦争となれば、国民の生命に犠牲を求めるものであるから、国民に対しても高い倫理性正義を印象付け、兵士の損失も少なくしなければならない。

がしかし、世界一流の軍備を持つと云っても相手は「猿」と渾名する有色かつ異教徒の国である。数字的なものは不明であるが鎧袖一触何程もないと思ったものが欧州戦線以上の期間を要し、人的損失も出したようである。

まして現地軍最高責任者たるマッカーサー元帥（以降、マ元帥）は比島から追い出される屈辱を味わわされた。

米国は原子爆弾の威力誇示を行いつつも戦争が終われば、原爆投下前の昭和二十年八月六日、中立国スイスによる米空軍による日本都市無差別爆撃非難などにも対処し、自らを正当化しなければ、戦った自国兵士の国民の名誉を損ねる。このため占領政策が決定され始められたが、中国の共産化と朝鮮戦争が、それを大きく変更し、その捩れが今も続いていると私は理解する。

七―一　占領政策

占領政策を新聞記事に追う。昭和二十年九月四日付、米国務長官声明「日本の精神的な武装解除を行う為に教育を行う為に教育の改変が強調される」、続いて同十七日付、マ元帥は「対等感は捨てよ」に始まる言論統制、情報操作、世論誘導の具体方針を決め、実施されていく。まず初めに日本敗戦理由の教育「日本の暗号は解読されていた。それにより山下奉文将軍の乗機は待伏せに合い撃墜された。日本の敗因は軍人と官僚の縄張争いによる。日本の戦争突入決定は、ハルノートとは何ら関係なくその提示前から決っていたこと」等を示唆し内容を公表、ハル・コーデルは平和の使者としてノーベル平和賞を受けること、日本産業の解体、同二十二日付、マ司令部の意を受けての内閣総辞職、同年十月六日付及び二十一年一月八日付には後継内閣はマ元帥の承認を要すこと、後のレッドパージと呼ばれた公職追放を通じた全日本の主要人事掌握へと移って行く。

二十年十月二十二日付　戦争犯罪裁判は支那事変に遡及方針を言及、同十月二十七日付は遅らされた宣戦布告、真珠湾攻撃の真相を語る、元参謀本部永野修身元帥、同年十一月八日付は三菱財閥から一千万円と大きく報じ、後に証拠不十分の訂正もあるが何れも戦犯の筆頭に東條英機がされていることが読み取れる。後に多くの軍人が戦犯として訴追され新聞紙上に記されるが永野元帥なる人は発見していない。

昭和二十一年一月二十四日付　極東軍事裁判所設置を告げ、同年七月頃から始められた「東京裁判」連載が新聞記事に主要な位置を占める。この連載で南京大虐殺の被害陳述書として、南京の被害について生々しく伝えられるがその内容はくり返されることが非常に多い。弁護団から指摘されても検事は取り上げず続行させている。洗脳作業の一つと思う。昭和二十年十一月六日は米第八軍化学部クラウフォード・ケロップ大佐の調査結果、「日本の毒ガス弾は僅か二五〇〇トン、これは米国の一週間の生産量にも過ぎないもので、日本軍が毒ガス弾を使用しなかったのは政府により禁じられていた」と発表されている。又阿片の喫煙は満州国統治では禁じられ、住民に感謝されていた話も聞くが、南京事件の陳述と称するものが新聞の伝えるものであるならば素人の私でも極めて矛盾ばかり、作り話としか云いようがない。

日本軍が入城前、城内人口は二〇万人と云われるが、占領後三ヶ月に亘り、毎日虐殺を続け、その数は三四万人を下らない、それを中国軍が全部埋葬処理し、その場所も特定出来ると云うが、住人の数より多くの殺人がどのように可能なのか、更に三四万人を三ヶ月の九〇日で計算すれば一日平均五〇〇〇人となる。日本航空の飛行機が群馬県と埼玉県の県境近くの山に落ち死亡したのは二八〇人くらいと聞いたが、そのときの状況を地元の人が語るに「人の血が山に沢に流れ、ウジ虫が大量発生し、悪臭に耐えられず山にも入れなかった」と云う。死体安置所として使われた学校の体育館が死臭のために建替えを余儀なくされた事を新聞報道に記憶の有る方もあると思う。

毎日五千人もの大量殺人はすぐ人の知れる所となり、集ってくる人等いない。

最近の中国の肺炎の一種サーズの例をみても死ぬために集ってくる人など、この世に存在しないと思うが如何。

私は南京入城に参加した従兄弟の言葉を信じる。ほぼ十年くらい前、母の初盆供養のとき、父が従兄弟は中国戦線に行った事があるので聞いてみよと云うので聞く。そのとき新聞記事に日中友好協会々長平山画伯が、日本軍が壊した南京城の城壁修復事業への募金を呼び掛けるのを見たので、日本軍が南京城の城壁を壊したのですかと聞いたところ、「あれは立派な文化財であるから壊しはしない」、今でもあのときの記憶が良く残っている。南京城入城式の前日は、城内に入ると「混乱」が生じるといけないとの中根中将の命令で城外の「もろこしの畑」に野営をした、そのときこれで戦争も終り生きて帰れるとあのくらいうれしく思ったことはない。また入城式の当日は、雲一つないまれにみる晴天で式典における松井中将は立派であった。更に松井中将が熱海の伊豆山神社に中国戦線で亡くなった人の供養のため観音様を建立された事等を話され、今でも松井中将を慕っているようである。この従兄弟は今でも健在で二年くらい前、碁会所で碁の手合せをした。二局くらいで後は酒をコップ一杯が楽しみに老後を楽しんでいるようであった。人望もあった人と人伝に聞く。以上の理由により、云われるような南京大虐殺はなかったものと確信するのである。

一つ加えれば伊豆山神社に建立された観音像は、戦後過激派により爆破されたと聞くので現況については確かめてない。

なお読んだことはないが本田某とか云う人達の所謂、南京物語の連載記事を種本にして更に脚色したものと私には想像される。

東京裁判々決の翌日の昭和二十三年十一月十四日付新聞が伝える判決を下したウェッブ裁判長による個人的見解「ドイツ被告とは状況が全く違う状況説明を付しての絞首刑は不適当」。

これは裁判ではなく政治であることを物語るものの証左だと私に

は思える。

七―二　三国人は尊称

世界の民を一等国民から四等国民に分別する発想は、マ元帥の談話から始まったものと理解する。その論拠として「日本はこの戦争の結果四等国に転落した」と談話発表（昭和二十年九月十四日付新聞）、同年十一月八日付では、連合国（一等国）、中立国（二等国）、敵国（四等国）等の定義について連合国が日本政府に通知したことを伝える。

それによると、連合国は一九四二年一月の連合宣言に署名した国及び今次戦争に署名国と共同行動をともにした四十五国、中立国はアフガニスタン、アイレ（アイルランド）、ポルトガル、バチカン、スウェーデン、スイスの六カ国。敵国はブルガリア、ドイツ、ハンガリー、日本、ルーマニアの五ヶ国。別に戦争の結果としてその地位に変更を見た国として、アルゼンチン、フィンランド、イタリア、タイ国が定義された。この日以降この定義から外国人を総称して第三国人と「第」の尊称を受けて政府の説明答弁が行なわれ、各新聞も第の頭字を表記している。

昭和二十一年二月七日付新聞で連合軍関係以外の在留外人は日本で取り締まれとマ司令部表明するも同二十五年十一月一日に日本側に裁判権が移される迄実効ある取締りは期待されなかった。

日本の官の取締りが極めて弱いために何が起きたか、集団スリ、物資のヤミ取引、白昼の堂々たる農産物等の収奪、集団暴行など市民生活に著しい被害を加えた。そうした中で昭和二十三年四月四日〜五日二日間に亘り、興業上のトラブルから、浜松市街の中心部で日本側と朝鮮側で双方とも静岡県愛知県の遠くまで応援を求め、日本刀、ピストル等で武装しての市街戦が行なわれた。参加した人員は三〇〇人とも五〇〇人とも云われた。結果は日本側が勝ち、日本側テキヤ（暴力団）の小野組は地域で英雄視された記憶がある、何となれば時は食糧難の時代である。白昼堂々と自動車、リヤカー（手引きの二輪軍搬車）で来て、農家が丹精こめて作った果物、野菜を持ち去る集団、朝鮮人対策を警察に頼んでも何もしてくれない只黙って遠くから見ているしかなかったのが、その事件後実質的になくなった。農家にとっては「ヤクザ」様々に見えても不思議はない。最近の外国人犯罪をみると又戦後の混乱期を迎えようとしているのかと暗くなる。

全国各地で朝鮮人が暴徒化した為同年四月二十五日占領軍初の非常事態宣言が行われ、神戸では千百余名の朝鮮人が米軍に逮捕された。理由は朝鮮人約千名を以って兵庫県庁を包囲し、約一五〇名が庁内に乱入し、暴力をもって電話線を切断し、外部との連絡を断切って会議中の知事、神部市長、警察庁等を強迫し、彼等の要求を承諾せしめた。その要求とは「一、不法行為を犯したかど裁判に付するため拘置中の朝鮮人の釈放　二、釈放不法行為容疑者を告訴せぬとの協約　三、朝鮮人学級閉鎖に関する裁判所命令の撤回　四、この要求をなした朝鮮人に対しては何ら特別処置に出ぬとの協約」の四項である。

同様の事件が名古屋市、大津市等全国各地で発生している。

七―三　竹島について

昭和二十一年二月四日付新聞、マ司令部が日本政府に対し、行政の及ぶ範囲を指令で伝える。この中で竹島は行政範囲から除かれている。従って、米軍管理下とみるのが至当と思われる。

また昭和二十五年一月二十八日付新聞は、韓国海軍が日本漁船をダ捕抑留したことに対して、李韓国大統領がマ総司令部に対して謝罪を伝える。正に講和成立前の日本は国に非ずである。「李承晩ラインは」は、反共反ソの米ソ冷戦中に起きた「火事場泥棒の類」に私には思えるが、竹島問題の解決には米国の力を借りるのも有力な方法の一つに思う。

七―四　昭和憲法

昭和二十年十月二十二日〜二十四日付新聞は「憲法改正問題」の連載記事が戦時中は軍政界から攻撃を受けたとされる美濃部達吉教授により問題提起、憲法問題調査委員会設置、委員、顧問十氏委嘱を同月二十六日付で伝え、翌二十一年一月三十一日付では連続閣議を開き憲法改正案討議。同年三月七日付新聞に憲法改正案要綱を発表し、「主権在民」戦争放棄の規定を柱とすると同時にマ元帥「全面的に承認交戦放棄の特点強調」同四月六日付にてマ元帥演説、「憲法案連合国政策に合致」を強調、同年五月一日付は、米英ソ佛の四国会議で「日独の武装解除徹底化」を提案、同年七月一日付政府見解発表、全体を五つに分け、第二に戦争の放棄を次のように説明している。自衛権の否定、再軍備をはかり世界平和を脅かすかも知れないという国際的疑惑があり、また既往の歴史からみて全然疑惑誤解ともいい切れないので、すすんで交戦権を放棄し、全世界の平和国家の先頭に立って、平和主義を表明するものである。

自衛権についても軍備を欠いては無意味であり、多くの戦争は正当防衛を名目にして行われてきたから、防衛のための戦争を認めるために「かへって戦争を誘発する惧れがあるのでこれを否定する。平和の敵たる侵略戦争者に対しては、平和的国際団体の確立により国際間の平和に対する共同義務が生ずると考へる」。

同年七月四日付でワシントン電を紹介「極東委員会は日本天皇が「マ元帥の承認」を得て作成された憲法草案が「日本が従うべき諸条件」を包含しているので承認したことをマ元帥に文書で送付、同年八月三十日は極東委員会で日本憲法草案に対する第二次指令審議するも意見不一致、同年十月七日午後の衆議院本会議で憲法修正案に同意して成立」、同年十一月三日に公布され、翌二十二年五月三日に公布された。

新憲法が成立したことにより極東委員会の対日感情は好転同年十月十三日付新聞と云うが、翌二十二年一月五日付は、公職追放の拡大特に言論界に対する統制強化を伝える。

昭和二十二年一月五日付、公職追放の拡大、特に言論界に対する統制強化を伝える。

昭和二十二年六月六日付は新聞、米国公民自由連合理事ロージャー・R・ボールドウィン氏検閲の緩和発言、その内容は「通信の検閲と集会制限の緩和」。

同年九月五日付で米政府対日講和に際し、米一任の場合は日本の安全を保障言明、日米安全保障条約の原点はここにありと思う。

翌六日には、「使宣的政令は不可、新憲法下の立法権について総司令部談、憲法の解釈権も自国政府にない」ことを示している。

昭和二十三年四月二十八日付、首相答弁、講和後の国防は保護を期待、翌二十四年十一月十日付、衆議院で憲法質疑に政府答弁「自衛戦争を放棄」、同月二十二日付では「外交的措置で自衛」首相答弁が明けて二十五年の年頭では「自衛権を否定せず」マ元帥見解表明、解釈改憲の第一歩と私には思える、追って同年一月二十四日で吉田首相も「自衛権は放棄せず」と表明。

同年六月二十五日、朝鮮動乱を受けて、マ元帥、自衛隊の原隊である警察予備隊七万五千名、海上保安庁八千名の増員を指令、同年七月八日吉田首相あて「憲法改正の第二歩」と私はみる。

同八月十日警察予備隊政令決定。

同八月十五日、朝鮮戦線にて国連軍（米軍主力）韓国の仁川、郡山に反攻上降する。

このことを伝える紙面で西独軍の西欧防衛軍参加、又米官辺筋言明として「対日講和に際し、再軍備は別限せず」と実質的に再軍備を促しているが、当時、西独は戦犯裁判等について決着をみていたと思うが日本は東京裁判を含めて決着していなかったように思うし、占領初期の政策もあって共産ないし観念平和主義が強くなりすぎてとても政権担当者が再軍備を発言できる状況になかったように思う。

がしかし、このとき既に米海軍の要請を拒否できず、吉田首相の判断の下、機雷排除等の援海作戦を行うために米軍の管轄下に入り特別掃海艇と共に千二百名の隊員が軍輸省事務官の身分で参戦し、同年十月十七日、そのうちの一隻が触雷し瞬時に爆沈、中谷坂太郎氏が戦死、二名が重体、五名が重傷、十一名が軽傷を負っている（『白善燁回顧録』解説小川彰・四四九頁）　これが「実体的憲法改正」として何というか。これは正に立派な「集団自衛権」の行使であると私は思う。真実の必要性を言わず、下位の者を犠牲にし、上位の者は建前と本音を使い分け、時間稼ぎに浮心を惰しているのは今も昔も変わりないし、学のある学者、力のあるマスコミも、それにつける提灯の何と多いことかと思うものである。

八　狂論の仕上げ

鎖国、文明開化はとうにすぎ、世は自由貿易、日本は貿易立国であり、日本中の都市が国際化、国際都市を標榜しているときに、全世界の四分の一を占めるといわれる人との商いを断つというのは狂気である。

日本は、昔から中国に深入りしては大きな損失を受けている。朝鮮が中国からの完全独立など日本に都合の良い期待を持つことは危険に感じる。それは政権の形が変っても変らない反日教育であり、小中華思想とも思えるものである。

その延長線に生活の基盤は親子三代以上に亘り日本に住みながら決して日本国籍を取ろうとしない人達、朝鮮民族は国外に中国と米国に各二〇〇万人、ソ連と日本に五〇万人といわれるが、日本以外に対しては余り政治的要求はしていないようではない。朝鮮動乱と云われ戦争では中国兵に領土が戦地化され多くの人命も失したはずであるが、国交回復して何の言及もないが国民の反発の声も聞かない。国を分けたといわれるが北朝鮮に拉致された人、ベトナム戦争で捕われ北朝鮮に拉致された人などの救出について不問に伏しているようにみえる。

北朝鮮の日本人拉致についても当初は、中国の意向を忖度しての行為ではないかとも思える。服属する者の心理として、進んで悪政を買って出ることは忠義心の表れとして高く評価を得るものである。もし、日本が同じ立場に立てば米国に対して同様な行動を取る人が出てくることも容易に想像出来る。何せ今指導者は公職追放から逃れ鞍替えをした人の後継者が主流にみえる。権力が変われば変わらぬなど誰にも云えない。

中国は、服属国としてみている国に対して必要と思えばいつでも武力行使する国であると、私はベトナムへの侵入のとき理解した。

従って、今の北朝鮮が日米に対する交渉カードとして都合がよいと思うから、対米協力の言葉はあっても実効あることにはすべて反対しているように思える。

日本が戦争に敗けたとき、占領軍の描いた日本人の生活水準は、昭和五〜六年のものである。あの世界恐慌の最中、寒村で我が娘を女郎屋に女衒《ぜげん》を介して売った時代である。それが皮肉にも世界一の所得とやらで毎日美食番組がテレビを占領している。戦争で死んだ人のことを思えば耐えられないはずはないと思う。

何をすべきか、まず、ドッジ・ラインを思い起して、福祉水準の切り下げから始め、仕事を分け合う為一家庭一人の収入での生活を基準にして、子育ては家庭を中心として、その必要のない人には思い切った社会負担を税金でお願いする。

小泉政権を例として、財政出動をすれば景気回復など夢、国の財政が今の国債依存率五〇パーセントを二年で八〇パーセントにするくらい敗戦時の経済より悪い、悪性インフレは預金封鎖、郵便貯金の払い出しを中止し、年金の支払停止とすれば、「姥捨山」の再来である。

年老いて不便が増す事は仕方がないが、死を迎えあの世とやらに行くのに、岐阜県は揖斐川の上流にある横蔵寺に安置されている「ミイラ」のよう仏道に帰依し、自ら糧道を断つなどという悟りは、私には出来ないし、するべきではないと思う。

時の変化を忘れるな

［2022］

浜名湖北部用水事業の始まり
〜天竜川下流から袋井市への発展〜

愛知県の豊川用水事業の主目的は、愛知県の渥美半島先端にあった旧軍用地の開発で、静岡県の天竜川の水を利用し地域の開発を一体的に行う計画であったが、静岡県の三ヶ日町が分水土を作る直前になって分担金の額が町財政に耐えられないとの理由で参加拒否する。

しかし水が足りないことには変わりはない。伝染病である赤痢、疫病が発生すると川伝いに伝染し死者がバタバタ出る。

これを重くみたときの県知事竹山祐太郎が、平山博三浜松市長に浜名湖北部用水土地改良区の設立とその理事長を命ずると、共水源として都田川防災ダムの嵩上げによる水源確保を命ずる。

平山博三市長は浜松市役所に引佐町、細江町、三ヶ日町の議長と町長を集める。工事期日は十年以上が予想され、各市町・町長・議長の任期は四年。一番の関心事は地元負担金の負担割合である。

誰れ云うとなく工事が終るまでに決めればよいではないかで結論を出そうとしない。すると平山市長が、決めないのなら各町の徴税権限を知事に伝えて取り上げると云う。

取り上げられたのでは各町とも行政の運営が出来ない。結論として、面積割、水量割半々で決着する。

世の中のこと、物分かりが良いだけでは、前に進めないこともある。これは大きく云えば国家でも同じと今の世界の状況を見て強く感じる。

工事の着手前に都田川の現地に農業用水と工業用水の担当者が集合した。その結果、農業側は左岸側、工業用水は右岸側に、着工は一緒にと基本方針が決まる。

工業用水は将来の水需要の増大を見込み、袋井市の太田川の上流にダムを作って水源を確保し、湖西市迄の水を確保する。農業用水側は細江町と三ヶ日町に大貯水池を作ると共に、ポンプアップを多用する計画を立てるも、後任の農林省技官によりその内容が大幅に変わる。この人は田中角栄元総理に重用されたと云う。

今にして思う田中角栄元総理の偉大さは、新潟県に旅行したとき田中角栄記念館を見たが、正に不世出の政治家と云うべきか。角栄元総理が重用されたこの人は兵庫県の生まれで、所長職は二年位で代わると云われたのを五年だか六年に亘り務めた。

これには当時鳴物入りで騒がれた静清庵事業が頓挫し県国の面子

の丸潰れにより九〇億円の損失を出したことが当方にはプラスに作用したかも知れない。

何によらず新事業とは難しいものである。


以下は農業用水工事について初めに山頂に五〇〇〇トンの水槽を作る。川から水を上げる。此所から受益地二四〇〇ヘクタールに水を配る水槽から水を引く管踏の建設に入る。現場は山の屋根、地元の人達も関心を持って見ている。

山の頂の周りの畑も利用するのでないかと聞くと農林省の役人は最新の機械を使うので利用しないと云い感心して帰る。しかし施工業者が周囲の農家に利用のお願いに回る。農林省の信用は一辺に地に落ちる。

農林省の役人は信用ならんと云うことで数ヵ月に亘って地元の人

が工事現場を監視した。

工事は進む。現場の山は急傾斜地に架かる管の埋設を砂基礎で行うと云う。危険を感じ市町長と共に東京の農政局まで行き管種を鋼管に変えるよう陳情し水路全体が鋼管となり事業は進む。

後は幹線の末端は山頂から標高三〇メートル位の所に変わる。

後で分かったことだが湖西市の農協組合長が元県の高官であったので、浜松市の力を利用し、湖西市まで水を引くことを考えたらしい。行政とは県市町村とそれぞれ独立したもので有ると云う。認識がなかったと云う以外にない。

この件以後、毎年一回市町長と共に大蔵省まで陳情に行くようになった。大蔵省の本省と云う所、庁舎内に入るには国会議員の秘書による受付を通らないと中に入れない所、今でもこの制度は変わっていないと思う。他の省庁も同じかは確めていないが恐らく同じだろう。

最近中央省庁の一部を京都に移す案があるようであるが、この官庁制度も一緒か、難儀なことに思える。


条約とは国と国の約束、日本の言葉で云えば一心同体、ときの外務大臣が結んだので有るけれども、政治に不馴れと云えばそれまでだが、ヨーロッパのように騙す騙されると云う経験のないのが日本の最大の欠陥か。

日本が国際政治に顔を出すに際して最大の気配りを要する点か、敗戦と云う代償を払った以上、政治家は特に気を遣って貰わないと困る。

今は通信手段も変わっているようだから、特に用心を願いたい。年寄りの出る幕ではないが念のため。

ソ連と云う所、第一次世界大戦前から、国際ルールなど全く神経を使わない所である。例としてカチンの森の大量の人骨、これは捕虜の死体の骨とみた。

国際法違反の始まりは、日本がソ連と不可侵条約を結んだところから。国連の常任理事国の資格なしを証するもの。ウクライナがソ連圏に入った理由は知らぬ。

報道によると捕虜としての扱いは人道的でそんなに悪くはなかったと云う。ソ連も中国も多民族国家で、政権が変わる毎に極端に政策が変わる。

日本人には理解不能であるが、日本の政治家も商人もいいかげんに気が付かないと日本と云う国も無くなる。

私も今八十五歳で後そんなに長くは生きないと思うから、死後のことまで心配してもどうにもならぬ。

日本と云う国

日本と云う国、昔から災害大国である。これが近隣諸国との交際における失敗の原点となっている。一番良い方法は徳川家康の取った鎖国だと思う。次いでに鎖国の理由について私なりの考えを述べたい。

徳川政権は秀吉の政権を引継ぎ、政権の座につく。秀吉政権下にはキリスト教信者がいくつか存在した。

それが南方国から万一のときには出兵の義務を負されていた。これは国としての権利侵害に当たると思われた。そこに島原・天草の一揆である。これが針小棒大に見られ鎖国に繋がったとみる。

鎖国とは悪いことばかりに云われるが、ヨーロッパで十七世紀にペストの大流行で人口の四〇パーセントだかが死に絶えたと云う。これも発生地は中国と云う。日本は鎖国で入って来なかった。明治に入り、外国人と共に入って来たものに性病がある。おかげで早く夫を亡くした人の夜ばいの楽しみも無くなった。

今はコロナ騒ぎで、夏祭りの中心たる屋台の引廻し、若者のねり等も消えるか、世の変化とはいつも考えの及ばない所から、突然にやってくるものらしい。世の変化を予想などせず、天命に任せるしかないか。

災害大国、水害だけは防ぎたい。起きた後に騒ぐが、一番関心の薄い人種は金持ちと政治家と称する人種か。

政治家は特に夢を語るのが好きなようであるので、熱海の伊豆山の土砂崩れにより三〇人近くの死者、その原因について議論が有るようであるが、どんな議論をした所で死者が生き返るなんてことは絶対にない。

死を防ぐには人間の様々な経験と本能に頼るしかない。しからばその本能はどうすれば身につくか。参考の一つとして、大正時代の終りに関東大地震があった。

神奈川県の根布川の山津波一〇〇～三〇〇立方メートルの土砂が集落一七〇戸をのみ込み、東海線根布川駅に停車中の列車が地滑りによって海中に転落、乗客一一二人が死亡する事故を起こしている。今回の伊豆山と根布川とは直線距離では十キロとは、はなれていない。

これをどう見るかは各人の自由。大正のときは第一次世界大戦が終わり、世界不況の入り口とも云うべきとき、万国共通であるが、政府に無限の力があると思うのは皆同じ、しかしどの国も世界の一つ、一つだけ良くなるなんて事はあり得ない。戦争を防ぐためにも強い力が要る。

朝鮮動乱のように外から一方的に来ることもある。今の韓国、この事実さえ知ろうとする人が少ない。

少し説明しよう。ソ連の命令により、北朝鮮軍が南朝鮮（今の韓国）を占拠しようとして始めた事件である。実質的米軍の管理下の地、当然米軍は怒る。動乱の始まりである。

朝鮮と云う所、中国の一部とみなされ中国が弱くなると国と云い皇帝まで作る。民衆のことは考えず、外の環境が悪くなるとソウルの西の小さな島に閉じこもると云う。独立した国家等作った経験のない所である。

中国、朝鮮は日本の事を外夷と云うらしいが、日本は平安時代の末だか戦国時代の初めに中国との交流を止めた（遣唐使の停止、これが日本の独立の始まりと思っている）。

関東大震災は日露戦争後の大正文化の一番良いときに起きた。それから一気に不況となり、東北では餓死する人が出る始末。

南北アメリカでは、日本人の受入拒否に遭っていた。この受入拒否の理由、私の推測では、日本人と中国人は肌の色が一緒。アメリカのルーズベルト大統領の母方は、中国人の奴隷買いで巨万の富を得た人、奴隷は自己主張等しない。

アメリカへの入植はヨーロッパ人は白人、日本人が中国人と同一視され、奴隷は自己主張しないとされ日本人は「ケシカラン」と排除につながったのが私の見当。

生き残るために始めた日露戦争の唯一の戦利品である満州鉄道沿

線への入植。ところが満州は清朝の出身地で他民族が入ることは固く禁じられていた。

清朝の力が弱まり、日本の商社が入ると、中国人の大量流入、馬賊の発生、日貸排斥、日中戦争、大東亜戦争、太平洋戦争であるが、中国、朝鮮は日中朝戦で中朝が戦勝国と思っているようである。

それを証するのが日本の独立式典に韓国初代大統領が日本の独立式典に戦勝国として参列しようとして米大統領に戦争に参加していないとの理由で参列を拒否されたこと。

何人目かは知らぬが韓国の元大統領、日本の島根県の島を唯一の戦利品とうそぶいて居るようでは近くても断交し、日本に居る朝鮮人も全員自分の国に帰って貰うのが一番かも知れないが、何せ自分の国にも居場所のない人達、何せアメリカの云う事も聞かない人達である。

日本人のやさしさが国を亡ぼすことにならねばよいがと心配するだけで、良案は見つからぬ。
高級役人と云うもの、お天々が良いので口だけはうまい。権力だけは欲しがるが国民の命、生活を守ることには余り気がないようである。

私は旧日本軍の兵士六万人を集め、食糧は現地調達で東南アジアに出兵し、全員食糧不足で死に絶えた事件を思い出した。このことに関し責任を取った者なし。

今一つ、私の感ずる日本人の性格、権力のある者から命令されたことは、時代が変わっても、世界が変わっても時の流れを知ろうとしない。その具体例を示そうと思う。

日本は第二次世界大戦中アメリカを相手に戦争をしていた。そのときソ連とは不可侵条約を結び相手を信用仕切っていた。

日本は対米戦争で敗色が濃くなると、日米の調停をソ連に頼むと共に敗戦の降伏の日まで伝えていたようである。

その降伏の予定日の五日前、突然、日ソ不可侵条約の破棄と対日宣戦布告である。

その結果、日本は敗戦、中国戦線にいた日本兵数十万人が捕虜となり、ソ連各地に送られ十分な食糧もなく餓死した者が多かったと云う。

今話題のウクライナに送られた日本兵は帰国後、扱いは人道的で感謝していたと云う。

中国に送られた人は日本は悪魔の国として教育され、日本に帰国時、日本政府からの慰労品を全部海に投げ捨てた光景を今でも思い出す。

ソ連も中国も多民族国家で政権が変わる毎に極端に政策が変わる。これが日本人には理解不能、用心と云う以外手はなし、日本の政治家、学者、商人もいいかげんに気が付かないと、日本と云う国家が無くなる。

今一つ、気になったニュース、フランスの学者だか科学者だか知らぬが民主主義が生まれた理由の話。

天候が雨天続きで麦の不作が続き、食糧難により国民の生存も難しくなる。これは国王の責任だとして、国王を殺す。次の国王も同じ理由で殺す。四人だかを殺す。国王を殺しても天候は良くならないとして始まったのが平民から選ぶ方法（民主主義）の誕生である。

今の建設省、昔の役人とは違う。国民の命を守ることに全力を傾ける組織である。昔の日本軍のように悪く見てはならぬ。十分信用のある組織である。私も浜松市長に手紙を出したら、浜松市役所の土木部の職員が佐久間ダムの現地に行き、建設省の防災工事の内容を調べ、報告をいただいた。これで天竜川の水害は昔の話になった。今は、役人方に感謝するのみ。

今一つ、フランスで民主主義の生まれた話。長雨ということだが、これには日本の郡馬県の浅間山の噴火が関係しているように思える。現地には東大の研究所も有るようだから、これが民主主義の誕生となれば世界の大発見であり、民主主義国家として、フランスと日本が世界に誇れる、明るい大発見と思う。

あと一つ、欲をいえば、静岡県と山梨県と長野県と協力して南アルプスを国立公園化し、観光地化に成功すればこれ以上の喜びはないと思っている。

資料・参考文献

終戦の御詔勅　写　昭和二十年八月十四日
堺港攘夷始末　大岡昇平　中公文庫
ルーズベルト秘録（上下）　産業経済新聞社　扶桑社
日露戦争（全五巻）　児島襄　文芸春秋社
大岡昇平全集（レイテ戦記）　筑摩書房
望郷の歌　石光真清　中公文庫
曠野の花　石光真清　中公文庫
城下の人　石光真清　中公文庫
誰のために　石光真清　中公文庫

明治六年政変　毛利敏彦　中公新書
長州奇兵隊　一坂太郎　中公新書
戊辰戦争から西南戦争へ　小島慶三　中公新書
ある明治人の記録　石光真人編　中公新書
松平定信　藤田　覚　中公新書
戊辰戦争　佐々木克　中公新書
アーロン収容所　会田雄次　中公文庫
科挙　宮崎市定　中公文庫
幕末「住友」参謀　佐藤雅美　講談社文庫
開国　佐藤雅美　講談社
江戸の税と通貨　佐藤雅美　講談社
主殿の税　佐藤雅美　講談社
歴史に学ぶ執念の財政改革　佐藤雅美　集英社文庫

妖怪　平岩弓枝　文春文庫
飢饉の社会史　菊池勇夫　校倉書房
芝山巌事件の真相　篠原正巳　和鳴会
母の碑　図子英雄　新潮社
指揮官たちの特攻　城山三郎　新潮社
巣鴨プリズン13号鉄扉　上坂冬子　新潮社
一下級将校の見た帝国陸軍　山本七平　朝日新聞社
維新前夜の江戸庶民　南　和男　教育社
元禄　邑井　操　大和出版
米欧回覧実記（全五巻）　久米邦武　岩波文庫
加茂真淵　三枝康高　吉川弘文館
若き将軍の朝鮮戦争　白　善燁　草思社
日中戦争知られざる真実　黄　文雄　光文社

「日中友好」のまぼろし　古森義久　小学館
異なる悲劇　西尾幹二　文芸春秋
自由の悲劇　西尾幹二　講談社現代新書
民主主義とは何なのか　長谷川三千子　文春新書
「真相箱」の呪縛を解く　櫻井よし子　小学館文庫
最終戦争論・戦争史大観　石原莞爾　中公文庫
プロフェッショナルの条件　P・F・ドラッカー／上田惇生訳　ダイヤモンド社
韓国大統領列伝　池東　旭　中公新書
朝日新聞縮刷版　昭和二十年〜昭和二十五年　朝日新聞社
静岡新聞マイクロフィルム複写　浜松市図書館所蔵

年寄《としよ》りの想《おも》いと偏見《へんけん》［完全版《かんぜんばん》］

変《か》わりゆく時代《じだい》を見定《みさだ》める

発行日　2023年6月8日　第1刷発行

著者　大谷 政泰（おおたに・まさやす）

発行者　田辺修三
発行所　東洋出版株式会社
〒112-0014　東京都文京区関口1-23-6
電話　03-5261-1004（代）　振替　00110-2-175030
http://www.toyo-shuppan.com/

印刷・製本　日本ハイコム株式会社

ISBN 978-4-8096-8691-7　定価はカバーに表示してあります

ISO14001 取得工場で印刷しました